# 가즈나이트 R
*Gods Knight R*

**이경영 판타지 장편 소설**
FANTASY FRONTIER SPIRIT

# 가즈 나이트 R 19
## 이경영 판타지 장편 소설

초판 1쇄 찍은 날 § 2013년 7월 26일
초판 1쇄 펴낸 날 § 2013년 7월 31일

지은이 § 이경영
펴낸이 § 서경석

편집부장 § 권태완
편집책임 § 어정원

펴낸곳 § 도서출판 청어람
등록번호 § 제1081-1-89호
등록일자 § 1999. 5. 31
어람번호 § 제1-1647호

주소 § 경기도 부천시 원미구 심곡2동 163-2 서경B/D 3F (우) 420-822
전화 § 032-656-4452 팩스 § 032-656-4453
http://www.chungeoram.com
E-mail § chungeorambook@daum.net

ⓒ 이경영, 2010

ISBN 978-89-251-3387-4 04810
ISBN 978-89-251-2296-0 (세트)

※ 파본은 구입하신 서점에서 교환하여 드립니다.
※ 저자와 협의하여 인지를 붙이지 않습니다.
※ 이 책은 도서출판 청어람과 저작자의 계약에 의해 출판된 것이므로,
　무단 전재 및 유포·공유를 금합니다.

이경영 판타지 장편 소설

FANTASY FRONTIER SPIRIT

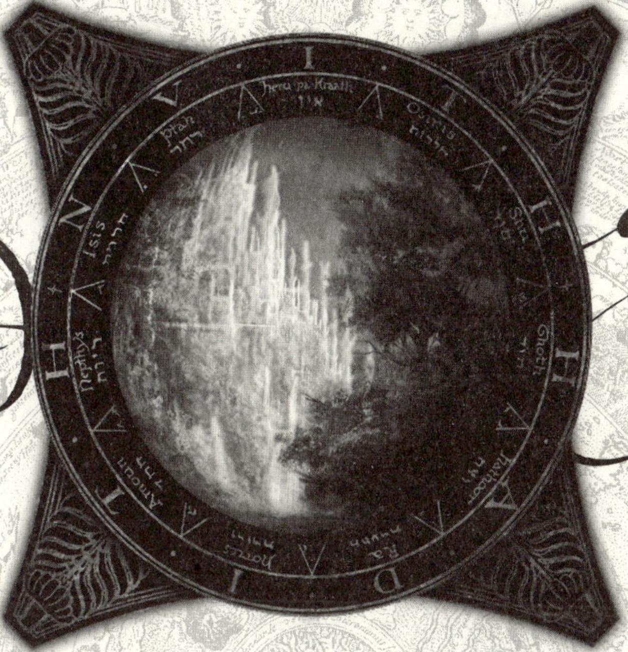

# 가즈나이트 R

GodsKnight R

19

도서출판 청어람

# CONTENTS

제84장 참견장이     7

제85장 심각한 일     89

제86장 습격     151

제87장 반복되는 지옥     209

CHAPTER 84
참견장이

"신을 이해하려는 인간에 대해서 어떻게 생각하느냐?"
오딘이 작업 도중에 지크를 보며 물었다.
"헛짓을 하는 거죠."
선 채로 오딘의 작업을 구경하던 지크는 무표정을 유지했다.
"너는 신을 이해하려고 생각한 일이 없느냐?"
"그다지……."
"이해하기를 두려워하는 것이냐, 아니면 이해하기가 싫은 것이냐?"

"번거롭게 왜 그러세요?"

"난 장난을 즐기거든."

"……."

말은 그렇게 했으나 오딘은 시류지 변환갑의 강화 작업에 상당히 몰두하고 있었다.

그가 장난 섞인 질문으로 지크에게 말을 건 이유는 과도한 집중을 방지하기 위해서였다.

말이 끝난 뒤 다시 심각해진 그의 표정은 지크를 다시 긴장시켰다.

시류지 변환갑은 현재 이륜차의 모습을 하고 있었다. 그 모습에서 아리스톤 합금들이 수은처럼 흘러 빠져나가자 남은 구조물들이 바닥으로 산산이 흩어졌다.

"잠깐 쉬어야겠구나."

오딘이 투구를 벗었다. 열기가 그의 백발 위로 올라와 발할라의 공기를 일그러뜨렸다.

쏟아진 갑옷 구조물들을 유심히 바라보던 지크는 문득 이상하다는 느낌을 받았다.

"좀 궁금해서 그러는데, 여쭤 봐도 괜찮을까요?"

"음, 말해보아라."

"저 부품들 말이에요, 아무리 봐도 몸에 전부 두르기에는 너무 많은 것 같지 않나요?"

그러자 오딘이 무슨 뚱딴지같은 소리를 하냐는 듯이 지크를 바라봤다.

"넌 여태까지 굴팍시를 입는다고 생각했느냐?"

"아니에요?"

"굴팍시 자체가 네 몸의 일부가 되는 거란다. 기계인간이 되는 거라고 설명하면 쉽겠군."

지크가 쓰고 있던 고글을 걷으며 오딘을 노려봤다.

"지금 뭔가 살벌한 말을 들은 것 같은데요?"

오딘도 맞서서 인상을 구겼다.

"부족한 녀석 같으니라고. 네가 저 갑옷을 걸치는 순간 네 몸은 저기 쏟아진 기계들 및 아리스톤 합금들과 일체화가 된단다. 충격에 갑옷이 부서지면 부품들만 튀어나가면서 네 몸을 최대한 시켜주지. 아폴론과의 싸움에서 느꼈을 텐데?"

말을 하자마자 오딘이 고개를 갸웃했다.

"아니, 느끼지 못하는 쪽이 완성도 면에선 나은 건가?"

지크는 기가 막혀 한참을 얘기하지 못했다.

"그… 저 갑옷의 원래 주인도 저처럼 기계인간 비슷하게 변했나요?"

"아니, 그 친구는 껍질만 걸쳤지. 그 친구에게 주어진 운명은 네가 짊어진 것보다 가벼웠으니까."

"그럼 저는 왜 그런 꼴이 되는 건가요?"

지크가 계속 따지고 들어오자 오딘이 다시 눈살을 찌푸렸다.

"건강에는 지장이 없다니까?"

"불쾌하잖아요!"

"하아……."

오딘은 벗고 있던 투구를 무릎 위에 올려놓았다. 그의 머리보다 두껍고 튼튼한 그 무릎은 훌륭한 받침대가 되었다.

"내 말을 잘 들어라, 지크."

지크는 고개를 끄덕임으로 대답을 대신했다.

"너는 말이다, 하이볼크가 내려준 육체의 한계에 도달한 지 꽤 오래되었단다. 아무리 좋은 무기를 사용해도 몸이 받쳐주지 못하기 때문에 어느 선 이상의 결과를 낼 수가 없지."

"……."

그 점은 지크도 알고 있었다.

리오와 단둘이 훈련을 할 때, 지크는 어느 순간부터 자신의 육체적인 능력이 발전하지 않고 있음을 깨달았다.

그는 그것이 한계일지도 모른다는 사실을 인식했지만 드러내거나 한탄한 적은 없었다. 또한 인정조차 하지 않았다.

그러나 그 시간이 길어지면서 그는 이전까지 생각지도

못했던 태도를 갖게 되었다.

리오의 능력을 당연하다는 듯이 인정해 버린 것이다.

"제가 그렇게 된 건 하이볼크 영감의 한계인가요, 아니면……."

"운명의 한계지. 소금을 열심히 비빈다고 해서 그것이 금으로 변하는 법은 없으니까."

지크는 그렇게 잔인하고 일방적인 말을 인자한 얼굴로 내뱉어 버리는 오딘의 면상이 마음에 들지 않았다.

"어쩔 수 없지 않느냐?"

오딘이 약간의 웃음을 섞어 말했다.

"넌 신이 아니라서 권능이라는 기적의 힘을 사용할 수도 없고 태생의 한계로 인해 하이볼크의 힘을 넘어선 상대와는 제대로 싸울 수도 없단다."

"그럼 이대로 가만히 운명을 받아들이란 말씀이신가요?"

지크가 묻자 오딘은 푸근하게 웃었다.

"모르는 게 약이라는 말이 있지."

"……."

"운명은 원래 그런 거야. 피조물들의 입장에서는 모를수록 좋단다. 아니, 알지 못해야 정상이지."

오딘은 투구의 윗부분을 만지작거렸다.

"운명이라는 말을 하니 재미있는 이야깃거리가 떠오르는

구나. 하이볼크가 쓰던 책 말인데, 기억하느냐?"

힘이 좀 빠진 얼굴로 다른 곳을 보며 속에서 올라오는 열기를 억누르던 지크가 그 '책'이란 말에 이를 악물었다.

"그걸 모르면 제 생애의 대부분이 부정당하는 거나 다름없죠."

바로 그 '책' 때문에 검은 옷을 입는 리오를 만나 버렸고, 지크 자신을 포함하여 그 일과 관계된 모든 이들이 되돌릴 수 없는 일을 저질러 버렸기 때문이다.

"아주 자세히 기억하는구나."

오딘은 시선을 지그시 올렸다.

"하이볼크는 창조주이자 주신이며, 또한 운명을 주관하는 신이란다. 브리간트와 그 자손들을 제외하고 모든 것을 꿰뚫어볼 수 있으며 모든 것을 기록할 수 있지."

"그런데요?"

"어렸을 때도 그랬단다. 책을 손에서 떼지 못했지. 게리의 품에서 책을 쓰는 것을 즐겼고 수많은 언어들을 스스로 창조해 냈단다. 그때는 정말 귀여웠는데 말이야."

그때까지도 지크는 하이볼크의 어린 시절을 큰 늑대의 품속에서 책을 쓰는 '남자아이'로만 상상하고 있었다.

오딘의 이야기가 이어졌다.

"창조주급 신이라고 해도 개성은 있는 법이란다. 하이볼크의 주된 능력은 자신이 창조한 존재의 모든 것들을 실시간으로 기록하는 것이지. 그 아이는 '아카식 그래퍼(Akashic Grapher)'로서의 능력을 갖고 태어났단다."

"아카식 그래퍼요?"

"과거, 현재, 미래를 작성하는 존재란 뜻이지."

지크는 오딘의 말을 한참 생각해 봤으나 그가 무슨 말을 하는 것인지, 또 얼마나 중요한 이야기를 한 것인지 전혀 이해하지 못했다.

"그게 그렇게 대단한 능력인가요?"

결국 지크가 그리 묻자 오딘은 껄껄 웃었다.

"그 능력 덕분에 하이볼크는 '이것도 저것도 아닌, 하지만 가장 위대한 신'이라 말할 수 있는 것이란다."

"알아들을 수 있게 말씀해 주세요."

지크가 마치 단검으로 쿡 찌르듯이 말하자 오딘도 약간 난감해했다.

"음, 어디까지 얘기해 줘야 할까나?"

오딘의 태도에 지크는 두 팔을 감정적으로 펼쳤다.

"아, 신경 끄세요! 나중에 제 기억을 지우셔도 되니까 당장 말씀해 주세요!"

"그 급한 성격은 결국 못 버렸구나."

그 늙은 신은 질렸다는 듯이 웃었다.

참견장이 15

"그게 너답긴 하지."

"됐으니 어서 말씀해 주세요."

지크가 다시 재촉했다.

"후후, 그럼 하이볼크가 쓰던 책에 대해 다시 얘기해 보자꾸나."

오딘은 투구를 팔걸이 옆에 달린 고리에 걸어둔 뒤 술이 가득 든 큰 술잔을 만들어 손에 쥐었다.

술을 시원하게, 그리고 아주 오래도록 들이켜 목을 흠뻑 축인 오딘은 입가에 묻은 하얀 거품을 굵은 팔뚝으로 닦으며 통쾌하게 숨을 내쉬었다.

"하아, 역시 술은 좋아."

이야기는 오딘이 술잔을 소멸시킨 뒤에야 이어졌다.

"네 기억대로 하이볼크가 작성한 책은 너와 리오가 주신계에서 난동을 부린 원인이었지. 사실 그때까지만 해도 그 책은 그냥 기록에 불과했단다. 물론 하이볼크가 관리하는 모든 영역의… 쉬프터의 방식으로 말하자면 경작지 전체의 상세한 기록이기 때문에 네가 목격했던 것보다는 훨씬 정교하고 비상식적인 물건이지."

지크는 그때의 일만 떠올려도 심각한 정신적 고통에 시달리는 입장이었으나 지금은 속이 뒤집히는 것을 꾹 참고 오딘의 이야기를 경청했다.

"이후에 나타난 쉬프터, 킹 클래스에 의해 엉망이 된 주신계를 빠른 시간 내에 어느 시점으로 되돌릴 수 있었던 것은 바로 그 기록 덕분이란다. 그 시점을 기해서 하이볼크가 작성한 모든 기록은 '아카식 레코드'라고 불리게 됐지."

지크는 연이어 갸웃거렸다.

"여전히 이해가 안 가는데, 그 책이 뭔가 대단해졌다는 말씀이시죠?"

"문자와 문장의 집합체에서 탈피하여 과거와 현재, 미래를 모두 담은 개념이 된 것이지. 아카식 레코드가 완성되기 전의 하이볼크는 이도 저도 아닌 신이었지만 완성된 후의 하이볼크는 가장 위대한 신이 되었단다. 그야말로 운명을 관장하는 창조주가 됐으니까."

"……."

지크의 멍한 얼굴을 가만히 바라보던 오딘은 결국 피식 웃고 말았다.

"더 간단히 말해서, 넌 그 아카식 레코드의 영역을 벗어난 짓을 저지를 수 없단다. 왜냐고? 네 과거와 현재, 미래, 즉 운명이 그렇게 결정되어 버렸으니까."

"듣기만 해도 불쾌하네요."

지크는 혀를 찼지만 오딘은 눈웃음을 유지했다.

"네가 짜증낼 일은 아니지. 넌 운명을 바꿀 기회를 네 손으로 날렸지 않느냐? 네가 제대로 된 선택을 했다면 네가 살던 세계가 그따위로 뭉개지진 않았을 것이야."

도발이나 마찬가지인 오딘의 말에 지크의 표정이 화석처럼 생기를 잃고 굳어졌다.

"말씀이… 좀 심하신데요?"

"감히 내 앞에서 네 과거를 부정할 생각이냐?"

오딘이 눈을 부릅떴다.

"네가 살던 세계는 특이한 공간이었지. 마법이 근본적으로 봉쇄된 대신 기술이 비정상적으로 발달하여 피조물이 피조물을 창조하는 단계마저 넘어서고 말았으니까."

단지 거기까지만 말했을 뿐인데도 지크의 두 팔은 오들오들 떨렸다.

"그러나 너희가 그 세계에서 활동해 버림으로서 그 세계에만 적용되던 마력의 억제가 강제로 풀려 버리게 됐지. 행성 전체에 퍼지고 만 마력은 마법을 전혀 접하지 못한 채 진화해 왔던 그 세계의 인간들에게는 치료제 없는 맹독이나 다름없었지."

"그걸 설명해준 자가 아무도 없었다고요! 하이볼크 영감도, 피엘 비서관도, 그리고 당신도!"

지크의 목소리는 비명에 가까웠다.

"나는 그나마 대처법이라도 알려줬지 않느냐?"

오딘이 몸을 앞으로 숙여 지크와 얼굴을 가까이 했다.

"그 세계의 인구를 24시간 내에 1억 명 이하로 줄여 버리면 구제가 가능하다고 했을 텐데?"

결국 지크의 온몸에서 전깃불이 튀었다.

"그건 미친 짓이었다고요! 70억에 가까운 사람들을 죽이라니, 말이 된다고 생각하세요?"

"동포였던 자로서 기분 좋게 시행할 수 있는 행동은 분명 아니었지. 하지만 네가 그 미친 짓을 포기하는 바람에 어찌어찌 살 수 있었던 1억 명조차 살아남지 못했단다. 그 안에는 네 동료와 가족도 포함되어 있었지."

오딘의 남은 눈동자는 북풍처럼 싸늘했다.

"넌 네가 짊어져야 할 책임에서 도망친 거야. 더불어 네 행동은 하이볼크의 책에 기록되었고 아카식 레코드로 변하는 바람에 미래를 모르는 상황에서는 절대로 피할 수 없는 운명이 되고 말았단다. 현재의 지크 스나이퍼도 너와 같은 짓을 했다 이거지."

"…저를 붙잡기 위해 꾸며졌다가 소멸된 세계를 제외하고 말이죠?"

"그렇지. 뭐, 다를 것은 별로 없지만."

지크는 착잡한 표정을 감추기 위해 이마에 올렸던 고글을 다시 내려썼다.

참견장이

"그럼 갑옷을 강화시켜 봤자 의미가 없잖아요? 아카식 레코드인지 하는 것에서 벗어나지 못한다면서요?"

"내가 괜히 이런 수고를 할 것 같으냐?"

그 자신감 넘치는 선언에 지크는 오딘을 다시 돌아봤다.

"무슨 말씀이시죠?"

오딘은 치아를 활짝 드러내며 웃었다.

"운명이라는 것은 완벽을 전제로 한 개념인 만큼 조금이라도 엇갈리면 큰 변동이 일어난단다. 그로 인해 아카식 레코드에 기록된 '너'와 굴곽시에 의해 육체가 강화되어 하이볼크가 정한 선을 넘어버린 '너'는 다른 존재라고 할 수 있지."

오딘은 오른손을 굳게 쥐어 보였다.

"바람의 한계도 넘었고 천공의 한계도 넘었으니 이제는 운명을 넘어보려무나. 네가 잠시 잊었던 즐거움도 되살릴 수 있을 거야. 아마도 말이지."

"잊었던 즐거움이요?"

"그 빨간 머리 녀석을 한 번 이겨봐야 하지 않느냐? 앞으로도 거세된 강아지마냥 녀석 앞에서 땅만 쳐다보고 살 거냐?"

지크가 움찔했다.

"저를 너무 자극하시네요."

말은 그리했지만 여태까지 그를 뒤덮고 있던 차분함은 이미 야성의 색으로 물들어가고 있었다.

오딘은 다시 투구를 쓰고 힘을 높였다.

"자, 마무리를 해보자꾸나."

이윽고 은색의 커다란 금속구체가 오딘의 옆자리에 나타나 자신의 부피만큼의 공기를 밀어냈다.

"충고하는데, 이 힘으로 과거를 바꾸겠다는 값싼 생각은 하지 마라. 모든 것을 가리지 않고 짊어진 채 나아가는 자는 언젠가 그 힘으로 미래를 바꿀 수 있는 법이거든."

"헤, 신께서 하시는 말씀 치고는 인간적이네요."

"인간의 기준에 맞춘 충고일 뿐이지. 그 이상의 개념을 말해봤자 이해를 못하니까."

오딘의 손짓에 따라 아네라의 금속이 진한 기름처럼 늘어나더니 바닥에 널브러진 이륜차의 부품을 향해 흘러들어갔다.

모든 부품들을 머금은 아네라의 금속은 다시 구체로 변해 지크의 옆에 둥실 떠올랐다.

"아리스톤 합금의 기본구조 설계는 내가 했지만 명백하게 하이볼크의 관리영역 내에 있는 물건이란다. 그래서 온갖 방면으로 사용이 가능한 금속임에도 불구하고 한계가 정해져 있지. 하나 아네라의 금속은 그렇지 않단다. 소립자 단위부터 신의 영역을 초월하고 있지."

 아네라의 금속을 조정하는 오딘의 힘이 어느 수준을 넘어서자 그의 수염과 눈썹, 머리카락 등이 형태를 잃고 하얀 불덩어리로 변했다.

 시류지 변환갑의 부품들을 머금은 아네라의 금속구체도 부글부글 끓었다. 지크는 열기를 느끼지 못했지만 구체의 표면이 끓는 기세는 태양의 표면을 방불케 할 만큼 화려하고 강력했다.

 "이건 비밀인데, 쉬프터 중에서 프라임 클래스를 제외하고 가장 강력한 존재는 엠프레스라고 불리는 퀸 클래스란다. 그들의, 아니 그녀들의 힘은 아주 젊은 태양조차도 동면시켜 폭탄처럼 휴대하고 다닐 만큼 압도적이지. 혼자 주신계를 농락한 킹 클래스 따위는 엠프레스에 비할 바가 아니야."

 지크는 자신이 지금 말도 안 되는 이야기를 들어버렸다고 생각했다.

 "그걸 어떻게 아세요? 아니, 다른 높으신 분들도 그걸 알고 계신가요?"

 "그건 중요치 않아. 네가 신경 쓸 것은 아네라의 저 금속이 엠프레스의 공격 대부분을 어느 정도 버터낼 수 있다는 사실이지. 적응하는 데 시간은 꽤 걸리겠지만 공격 능력 역시 불쾌감을 느낄 만큼 강해질 거다."

"…좀 과도한 것 같은데요? 저걸 입고 대체 뭘 상대하라는 말씀이시죠?"

지크는 조금 겁이 났다. 그만한 힘을 가지게 될 경우 자신이 무슨 일을 떠맡게 될지 짐작조차 가지 않아서였다.

"역시 감이 좋은 녀석이구나."

인간의 모습에서 완전히 벗어나 낙뢰와 불꽃의 집합체가 된, 그야말로 신의 형태가 되어버린 오딘이 한 개의 밝은 눈빛으로 지크를 봤다.

"넌 리오를 어떻게 생각하느냐?"

"어느 리오인지 알았으면 좋겠는데요?"

"현재 네놈을 능가하는 리오가 한 명밖에 더 있느냐?"

그 질문에 지크는 쓴웃음을 지었다.

"대단하다고 생각한 적은 있지만 부럽다고 생각한 적은 없어요. 녀석처럼 피에 젖은 채로 살아가느니 차라리 가진 힘을 다 버리고 평범하게 사는 게 낫다고요."

"그래? 안됐지만 이 갑옷을 받는 순간 네놈의 생활 역시 녀석과 마찬가지로 엉망이 될 거다."

지크는 오딘이 여태까지 바람을 잡아놓고 이제 와서 무슨 소리를 하는 것인지 이해할 수가 없었다.

"근데 이제 와서 제가 고를 수 있는 선택지가 있기는 한

가요?"

"물론 없지."

끓어오름이 가라앉은 아네라의 금속구체로부터 시류지 변환갑이 다시 모습을 드러냈다.

뭔가 달라진 점은 전혀 없었다. 그 검은색 빛깔과 표면의 느낌도 동일했다. 단지 이륜차의 모습으로 변하지 않을 뿐이었다.

구체를 헤치고 완전히 빠져나온 갑옷은 지크가 자세히 구경할 틈도 없이 그의 왼 손바닥 안으로 빨려 들어갔다.

갑옷을 보관할 때 강렬한 위화감을 느낀 지크는 복잡한 표정을 지은 채 손으로 자신의 코 밑을 훔쳤다.

"아, 이거 후회가 되네요."

지크의 손에는 피가 길게 묻어 있었다. 갑옷이 보관될 때의 충격으로 인해 흘러나온 코피였다.

그 정도는 순식간에 재생되어야 정상이었지만 코피는 그로부터 몇 분간 오딘이 치료를 해줄 때까지 계속해서 떨어졌다.

'육체 재생이 안 되나?'

지크는 잠시 손에 머물렀다가 빠르게 사라지는 자신의 혈액들을 보고 잠깐 걱정을 해봤다.

"네가 원하던 작업은 끝났다."

다시 인간스러운 모습으로 돌아온 오딘이 지크의 바로 옆에 공간의 문을 열어주었다.

"좀 갑작스럽긴 하지만 그 문으로 들어가면 매우 흥분되는 일을 겪을 수 있을 거다."

"말씀 자체가 대단히 의심스럽네요."

오딘은 투덜대는 지크의 모습을 보고 빙긋 웃었다.

"서두르지 않으면 피엘 플레포스 비서관이 죽을지도 몰라."

"예?"

"그만큼 상황이 꼬였거든. 뭐, 가보면 알 거다."

오딘의 목소리에서 장난을 느끼지 못한 지크는 곧장 그가 열어준 공간의 문 속으로 들어갔다.

지크를 인도한 문이 완전히 사라진 뒤, 오딘은 팔짱을 끼며 눈빛을 이글거렸다.

"누가 됐든 이제 나를 못 죽여서 안달이겠군. 이 보물을 나 혼자서 이렇게 소비해 버렸으니 말이야. 후후……."

오딘은 양이 상당히 줄어든 아네라의 금속을 조작하여 오직 그만이 아는 장소에 다시 감춰 버렸다.

\*    \*    \*

오딘이 만든 공간의 문을 통해 낯선 장소에 도착한 지크는 그곳의 공기와 접하자마자 반사적으로 몸을 숙이며 자신의 방어 능력을 최고 수준으로 끌어올렸다.

위험한 물체가 날아오지는 않았지만 지크가 인지한 상황은 그보다 더 심각했다.

그가 도착한 지역 전체에 용족조차도 생존하기 힘들 만큼 위협적인 힘이 상당한 무게감을 품은 채 들끓고 있었다.

'이 힘은 신의 분노잖아? 게다가 올림포스 신들의 특성을 가지고 있어! 올림포스의 생존자가 있었나?'

지크는 어딘가에 집중되어 있던 신의 분노가 자신에게 쏠리는 것을 느꼈다. 지크는 그것이 무엇을 뜻하는지 알고 있었다.

현재 격분하고 있는 그 정체불명의 신이 자신을 적으로 규정했다는 뜻이었다.

지크가 손아귀의 폭풍에서 무명도를 불러낸 뒤 정면을 겨누는 데 걸린 시간은 이후 여유가 있을 때 다시 시도를 해봐도 맞추는 것이 불가능할 만큼 짧았다.

상대는 무명도의 칼날을 이마로 들이받아 밀어낼 만큼 저돌적이었다.

그렇다고 어리석은 것은 아니었다. 지크는 상대의 그 행동으로 인해 손목과 어깨, 척추 관절에 충격을 받아 공격은 물론 방어도 할 수 없는 상태가 되고 말았다.
 하지만 양측 모두 그 이상의 행동을 하지는 않았다.
 "아테나님?"
 "지크 스나이퍼로군."
 상대를 확인한 아테나는 고개를 돌려 자신의 이마에 박혀 있는 무명도의 칼날에서 스스로 벗어났다. 인간이었다면 뇌까지 파고들기에 충분했던 이마의 상처는 찰나의 순간 회복되었다.
 지크는 그녀의 그 과도한 행동과 분노를 도저히 이해할 수 없었다.
 '매우 흥분되는 일이 기다리고 있을 거라고? 이건 어처구니없는 일이잖아?'
 지크는 아테나에게 당한 관절이 재생되자마자 무명도를 거두고 자신의 감각을 확장시켰다.
 '죽을지도 모른다는 비서관은 대체 어디 있는 거지?'
 이마에 손을 댄 채 피엘의 느낌을 찾던 지크는 문득 아테나의 오른손에 쥐어져 있는 장창을 발견했다.
 그것은 지크가 알고 있던 아테나의 창, 프로마코스가 아니었다.
 "그거… 지노그잖아요?"
 "……."

한참 말이 없던 아테나가 선명하게 발광하는 올리브색 눈동자로 지크를 흘겨봤다.

그녀가 '보고 있다'라는 아주 사소한 사건이 지크의 몸을 물리적으로 압박했다.

"이 아테나의 질문에 대답하라, 지크 스나이퍼여."

적을 대하는 듯한 말투였다.

피엘은 이미 죽었을지도 모른다. 어지간하면 긍정적으로 생각하는 지크가 부정적인 상상을 한 근거는 아테나의 상태였다.

'올림포스 행성에서 리오와 싸울 때보다 훨씬 강해.'

그는 무의식적으로 주먹을 꽉 쥐었다.

생활이 엉망으로 변할 거라는 오딘의 조언이 지크의 정신 한구석에서 두려울 정도로 반복되었다.

'힘의 차이가 어느 정도인지 느껴지지도 않아. 만약 맞서 싸우게 된다면 생활이 문제가 아니라고! 재생은커녕 다시 살아날 근거조차 박살 날지도 몰라!'

그렇게 두려워하는 그가 있었다.

"말씀하시죠."

그리고 물러서지 않는 그도 있었다.

"그대는 하이볼크의 자객으로서 온 것인가? 이 아테나를 막기 위해서?"

그녀가 하이볼크에게 적개심을 품었음을 확인한 지크는 조용히 각오를 다지며 질문했다.

"그건 모르겠고요, 비서관은 어찌 됐죠?"

"…명령을 받고 이곳에 온 것 같지는 않군. 누구의 인도를 받았나?"

아테나의 눈빛이 한층 더 강해졌다.

"가보라고 하신 분이 계시긴 하지만 하이볼크 영감과는 관계없는 분이었죠."

지크는 오딘의 이름을 입에 담지 않았지만 아테나는 지크를 인도한 자가 오딘일 것이라 확신했다.

지금 이곳에서 일어난 일들을 감지하고 가장 빠르게 대처할 수 있는 존재는 오딘을 비롯한 창조주급 신들뿐이었다.

"그렇다면 미리 경고하지. 난 이제부터 개인적인 문제로 하이볼크를 찾아갈 것이네."

억양 자체가 그냥 편하게 방문하겠다는 말과는 거리가 있었다. 가서 끝장을 보겠다는 폭언에 더 가까웠다.

"내가 이렇게 뜻을 밝혔으니 이제 곧 자네도 자네의 창조주인 하이볼크의 의지에 따라 나를 공격하겠지. 피엘 플레포스와 마찬가지로 목숨은 보장해 주겠지만 고통은 그럴 수 없겠군."

"알았으니 무슨 일이 있었는지 말씀을 해주세요!"

다음 순간 아테나의 눈에서 터진 섬광이 지크의 눈동자 속으로 빨려 들어갔다.

쉬프터들의 계획에 의해 발생한 시공간 폭발, 그 폭발에 휘말려 알 수 없는 공간에 갇히게 된 아테나와 키르히, 흠집의 룩, 그리고 그들을 구한 뒤 피엘의 공격을 받아 시공간 균열 속에 처박힌 리오의 모습이 지크의 기억에 강제로 박혀 생생하게 재생되었다.

그 뒤에 이어진 것은 아테나의 입장에서 본 피엘의 격파 광경이었다.

피엘의 몸이 망치에 맞은 석고상처럼 단숨에 터지는 것을 본 지크는 일의 심각성을 확실히 깨달았다.

"굳이 언어를 사용할 필요는 없지."

지크에게 자신의 기억을 전달해 준 아테나가 불친절하게 설명을 붙였다.

"머리는 터질 것 같지만 나름 편리하네요."

지크가 씁쓸히 웃었다.

아직 하이볼크가 자신을 직접 조종하려는 느낌은 받지 못했지만 그렇다고 해서 아테나를 두고 물러날 생각은 없었다.

지크는 두 손을 어깨높이보다 조금 높게 들어 공격의사

가 없음을 밝혔다.

"참아달라고 부탁하진 않을게요, 아테나님. 하지만 지금 당장 상대를 박살 낸다고 해서 해결되는 건 아무것도 없잖아요?"

"훌륭한 조언이지만 그 방향이 틀렸다, 지크 스나이퍼."

지크는 자신의 주변에서 공간의 문 몇 개가 열리는 것을 감지했다.

공간의 문을 열며 나타난 자들은 통일된 디자인의 순백색 중장갑옷을 입고 있었다.

지크는 그 낯선 이들에게서 상당히 강력한 주신계의 기운을 느꼈다.

그저 하얀색 갑옷에 황금색 망토를 등에 걸치고 있을 뿐, 소속을 알 수 있는 문장 같은 것이 어디에도 없었다.

'소속 같은 게 문제가 아니야. 이 녀석들, 주신계의 존재가 분명하지만 천사 따위와는 달라!'

지크의 감각은 그들 전부가 피엘 플레포스에 가까운 존재들이었다. 더불어 생각하기 싫을 만큼 껄끄러운 면까지 지니고 있었다.

'이 녀석들, 분신을 수십 개 만들어서 온 거야, 아니면 동일한 놈들이 수십 명 나타난 거야?'

지크는 불쾌감을 억누르며 그들의 동태를 살폈다.

"너희, 뭐하는 놈들이야?"

"답을 듣고 싶다면 먼저 밝혀라, 지크 스나이퍼."

하얀 갑옷의 존재들 중 한 명이 지크에게 물었다.

"그대는 하이볼크님의 권세를 지키고, 하이볼크님을 위하여 죽음과 삶을 반복하며, 하이볼크님의 영광을 영원히 유지시킬 것을 맹세할 수 있는가?"

그의 요구에 지크의 입술 한쪽 끝이 불쑥 올라갔다.

"흥, 그 영감이랑 결혼이라도 하라는 건가? 네가 주례야?"

"무례한 놈!"

"닥쳐!"

지크가 맞서 외쳤다.

"내가 좀 마음이 넓거든? 아까 지껄인 건 못 들은 걸로 해줄 테니 지금 당장 꺼져. 저 무서운 분은 내가 알아서 말릴 테니까 말이야!"

지크는 그들이 아무리 피엘과 가깝거나 그녀를 능가하는 힘을 가진 존재라 해도 지금의 아테나를 쓰러뜨리지는 못할 것이라고 판단했다.

피엘처럼 신에 가까운 일을 할 수 있도록 특수하게 개조된 생명체가 아니라 올림포스의 실제 신인, 그것도 최강의 군신인 아테나가 지노그를 들고 있다는 현실 자체가 문제였다.

"네가 말리겠다고? 어리석은 말을 하는군. 우리는……."

"너희의 정체와 비밀 따위로 뭉갤 수 있는 상대가 아니라고! 도망쳐!"

지크는 그들을 향해 살기까지 뿌리며 경고했으나 그 갑옷의 존재들은 물러남없이 각종 무기들을 불러내어 손에 쥐고 싸울 의지를 드러냈다.

"주인께서는 그대를 정이 깊고 믿을 만한 자라고 평하셨지."

지노그를 쥔 아테나가 지크의 옆을 지나갔다.

"하지만 그대의 심성이 저들에게는 닿지 않은 것 같군."

지크로부터 점점 멀어지는 아테나의 몸에 은색의 갑옷이 차례로 씌워졌다. 이윽고 그녀의 위손에 또 다른 창인 프로마코스까지 들리자 지크의 표정은 한없이 구겨졌다.

'저 녀석들은 분명 죽을 거야. 저 녀석들 스스로가 죽음을 각오하고 있어. 열이 머리끝까지 오른 군신께서 그런 용감한 놈들을 살려주실 리가 없지.'

꽉 쥐어진 그의 주먹이 심하게 떨렸다. 행성 전체의 자전과 공전, 더불어 시공의 흐름까지 엉망으로 만들고 있는 아테나의 모습은 지크로부터 점점 더 멀어지고 있었다.

'제길, 나보고 어쩌라는 거야! 왜 이런 웃기는 상황을 나

에게 보여주는 거냐고, 오딘 할아범! 난 이런 거 정말 싫어한단 말이야!'

그는 고향의 문제를 앞두고 끝내 결단을 내리지 못한 과거의 자신이 떠올라 소리라도 지르고 싶었다.

지크는 급히 자신의 고글을 손바닥으로 눌렀다.

'그때 이후로 난 이걸 뒤집어썼어! 과거에 대한 추억과 아픔의 빌어먹을 흔적 따위가 아니야! 상처가 있는 놈이라고 드러내고 싶었을 뿐이라고!'

고글 속에서 지크가 다시 눈을 떴다.

'그때 이후로 난 내가 원래 어떤 놈이었는지조차 잊어버렸어.'

그는 몸에 두른 힘을 점점 더 키워가는 아테나의 모습을 정신적 흉터의 늪 속에서 바라봤다.

'난 성장 따위를 한 게 아니야! 내 추한 모습을 묻어 감추려 했을 뿐이라고!'

그는 눈앞에서 벌어지려 하는 일의 결과가 둘 중에 하나임을 알고 있었다.

하이볼크의 패배로 인한 세계의 파멸, 혹은 아테나의 쓸쓸한 소멸. 그것 외에는 현재 다른 해답이 없었다.

쉬프터의 개입이나 오딘의 개입도 가능성이 없지는 않았지만 지크의 생각은 미처 거기까지 닿지 않았다.

자신이 살던 세계의 급작스러운 멸망, 친구들과 가족의 몰살이라는 끔찍한 과거로 인해 그는 최악의 가능성 외에는 떠올릴 수가 없었다.

자신의 한구석에 디아블로라는 존재가 있다는 사실도 깨끗이 망각할 정도였다.

'미래를 바꾸고… 운명을 넘으라고?'

그는 시류지 변환갑을 받아 보관한 자신의 손에 시선을 옮겼다.

'만약 의도적으로 이런 상황이 일어나도록 꾸민 다음에 이 타이밍에 맞춰서 날 여기에 보낸 거라면… 오딘 영감님, 당신은 하이볼크 영감보다 못된 신이야.'

지크는 아테나의 힘에 의해 빛깔이 이상해진 하늘을 쳐다봤다.

'아, 최악의 기분이야.'

단단히 무장한 아테나가 이윽고 멈추고는 하이볼크의 부하들을 향해 지노그의 끝을 내밀었다.

"하이볼크의 졸개들이여, 주신계로 가는 문을 당장 열어라. 그리한다면 군신의 이름으로 그대들의 명예로운 죽음을 보장해 주겠다."

하이볼크의 부하들은 바보가 아니었다. 그들은 자신들과 아테나의 격차가 얼마나 큰지 잘 알고 있었다.

그러나 그들은 자신감을 잃지 않았다.

"멸망한 신계의 신이 감히 어디서 망발을 하는가! 군신? 의미없도다! 제우스가 항복한 이후 다른 올림포스의 신들이 얼마나 무력한 존재로 변했는지 잊었단 말인가?"

"……."

"그들은 과거를 잃고 현재와 미래의 접점마저 잃은 채 어딘가에 쓸 수도 없는 물질로 변해 버렸지."

하이볼크의 부하들이 각자의 무기를 들고 온몸에서 빛을 발산했다.

빛의 파동이 서로 공명하여 아테나를 향해 집중되었다.

"제우스가 자신들의 비밀을 하이볼크님께 바친 시점에서 올림포스 출신의 신들은 그 변화를 이겨낼 수 없게 됐다. 그것은 아테나, 너 역시 마찬가지다!"

아테나의 몸에 검은색의 전류가 일어났다. 그 불길한 힘이야말로 하이볼크의 부하들이 아테나를 자신있게 상대할 수 있도록 해주는 근거였다.

그러나 아테나는 자신에게 빛을 집중하는 적들을 측은하게 바라봤다.

"그대들은 잊었을지 모르지만 우리들의 신계에는 아틀라스라는 자가 있었다. 최근까지도 하이볼크의 신계 어딘가에 갇혀 있다가 자아를 되찾은 헤라클레스의 손에 그 저주

받은 세월을 마감했지."

하이볼크의 부하들은 타르처럼 변해야 할 아테나가 아무런 이상 없이 자신들을 바라보고 있자 심하게 동요했다.

"아틀라스는 그대들이 말한 그 끔찍한 상태로부터 모든 올림포스 신들을 일깨우고 변형에 대한 면역까지 갖게 해주는 방법을 고안했다네. 나의 아버지 신, 제우스님의 명에 따라서."

하이볼크의 부하들 전체가 움찔했다.

"아틀라스는 스스로 자아를 되찾은 헤라클레스에게 그 방법을 넘겨주었으나 헤라클레스는 과거에 불가능하다고 여겨진 열두 개의 과업을 모두 달성하면서 욕망을 버리고 지혜를 얻은 영웅이었지. 그는 제우스님의 마지막 야망을 부정하고 하이볼크가 만든 새로운 세계의 평화를 선택했다네. 그리고 그의 의지는 헤라클레스가 눈을 감기 직전 나에게 전달되었지."

아테나는 흉갑을 열고 안에 입은 옷을 젖혀 자신의 맨살을 드러냈다. 아름답고 단단하게 근육이 잡힌 그녀의 복부에는 단검 형태의 빛이 박혀 있었다.

"이것이 아틀라스가 만들고 헤라클레스가 전달해 준 단검, '엘피스'라네. 비록 야망에 의해 만들어졌지만 올림포스의 말로는 '희망'이라는 뜻을 담고 있지."

아테나의 몸을 감쌌던 검은색의 전류가 단숨에 파손되어 사라졌다.

"헤라클레스는 나를 믿었건만, 나 역시 복수라는 야망을 충족시키기 위해 희망을 사용하는구나."

옷을 추스르고 흉갑을 덮은 아테나는 지노그로 자신의 앞을 베었다.

"하이볼크여, 이번 일에 대한 이야기는 내 손으로 네 주둥이를 벌려 직접 듣겠노라!"

천지개벽의 힘에 필적하는 빛아 하이볼크의 부하들을 지나 세상을 잘랐다.

하이볼크의 부하들은 자신들이 죽음을 피할 수 없을 거라 판단했으나 그들의 몸은 물론 자랑스럽게 입고 있던 갑옷에도 손상은 없었다.

베인 것은 피조물들의 세계와 신계를 막고 있는 경계면이었다.

지평선을 중심으로 하늘이 위로 뜯기고 땅이 아래로 무너졌다.

행성에는 이상이 없었지만 지상의 존재들이 신계로 향하는 것을 막고 있던 경계는 삽시간에 붕괴되어 생물들이 사는 세상에 흘러들어오지 말아야 할 신계의 찬란한 빛을 피처럼 흘리고 있었다.

"지노그로… 신계로 가는 길을 열었단 말인가?"

"들어본 적이 없다! 우리가 알고 있는 지노그의 능력은 그저……!"

아테나가 다시 걸음을 떼자 하이볼크의 부하들이 입을 다물었다. 그녀가 그들이 나타나기 전부터 뿌려대던 '신의 노여움'이 한층 더 독해졌다.

"신이 사용하는 무기의 가치를 그저 파괴력 따위로 따지려 하다니, 우습기 짝에 없군. 권능의 일편조차 허락받지 못한 피조물들이 감히 올림포스 신계의 최고 보물인 지노그를 논하는가?"

아테나의 분위기에 완전히 압도되어 버린 하이볼크의 부하들은 결국 몸으로라도 아테나를 막으려 했다.

그러나 그들은 그저 무릎을 꿇고 주저앉을 뿐, 그 이상의 행동은 하지 못했다. 아테나를 막아야 한다는 의사조차도 억눌리면서 그들은 자신들이 왜 이곳에 있는지조차 의문을 가지게 되었다.

"명예로운 죽음의 첫 번째 조건은 의심받지 않는 것이지. 스스로를 의심하며 죽어라, 하이볼크의 졸개들이여."

아테나가 지노그를 위로 들어 올렸다.

"아테나님."

지크의 목소리가 그녀의 행동을 막았다.

참견장이 39

"알고 하시는 일이겠지만, 녀석들을 죽이고 그 경계를 넘어버리시면 그 뒤는 누구도 수습할 수 없을 거예요."

"하아."

아테나가 한숨을 푹 쉬고 뒤를 돌아봤다.

"자네 역시 이 아테나를 막겠다는 건가? 하이볼크의 부하로서?"

지크에게 향한 아테나의 눈에는 어느새 검은색의 시류지 변환갑을 단단히 입은 지크의 모습이 이색적으로 보였다.

"참견이에요, 그냥."

"참견이라."

아테나는 지노그를 휘두르며 지크가 있는 방향으로 돌아섰다. 창을 휘두를 때 일어난 작은 폭풍이 하이볼크의 부하들에게 죽지 않을 만큼의 충격을 주며 그들을 지평선 너머로 날려 버렸다.

폭풍에 충격을 받은 것은 지크도 마찬가지였지만 그의 반사 신경보다 빠르게 방어 능력을 발휘한 시류지 변환갑 덕에 그는 큰 무리 없이 버틸 수 있었다.

"내가 지금까지 겪었던 참견 중에서 가장 용맹한 참견이로군. 그렇다면 잠시나마 그대의 말을 들어보도록 하겠다, 지크 스나이퍼."

갑옷 속의 지크는 방금 자신이 받은 충격량과 아테나가

발휘한 힘을 계산해 봤다.

'이 갑옷이 아니었으면 아까 그놈들처럼 구겨져서 어딘지도 모를 장소에 떨어졌을 거야. 그냥 빠르게 움직여서 피할 수 있는 상황이 아니었어.'

방금 아테나가 지노그를 사용하여 일으킨 폭풍은 풍압을 이용한 단순공격이 아니었다.

겉으로만 그렇게 보였을 뿐, 실상은 지노그에 실린 물리적인 힘을 운동방향 조작의 권능을 이용하여 표적으로 삼은 자들의 급소를 마음대로 타격하는 공격이었다.

충격의 발생지점은 체중이니, 근육의 움직임이니, 창끝이니 하는 일반적인 개념이 아니라 아테나가 원하는 곳, 즉 표적의 살갗 안쪽이었다.

외부에서 기점을 갖고 들어오는 공격이었다면 어떻게든 움직여서 피할 수 있었겠지만 지금처럼 아테나가 원하는 곳에서 터지는 공격은 아테나의 감각범위 밖으로 완전히 탈출하지 않는 한 피하는 것이 불가능했다.

그야말로 몸의 내구성을 이용하여 버티는 것 외에는 방법이 없는, 신이 아닌 자들의 입장에서는 반칙이나 다름없는 일이었다.

하지만 지크가 생각하는 진짜 문제는 아테나의 강력함이 아니었다.

그는 하고 싶은 말을 이미 다 한 상태였다.

'내가 리오 녀석을 구해오겠다고 얘기해야 하나? 아냐, 힘의 격차로 보자면 아테나님이 시공간의 균열을 직접 열고 녀석을 구하는 게 훨씬 빠를 거야. 난 시공간 균열을 찢을 줄도 모를 뿐더러 리오 녀석의 위치를 잡아낼 방법 역시 모른다고!'

고민하는 지크의 시야에 전에는 보이지 않던 것들이 하나둘씩 들어왔다. 그와 동화된 투구의 기계들이 전해주는 아테나의 각종 정보였다.

'가슴과 허리, 엉덩이 둘레……. 이런 위험한 정보를 본인에게 들키지 않고도 알아낼 수 있다 이건가? 과연 외계인의 기술이군.'

그는 머릿속에 어느새 입력되어 있는 시류지 변환갑의 새로운 사용법에 따라 아테나의 다른 능력을 알아보기로 했다.

'감지능력은 어느 정도지?'

수치 대신 나타난 것은 지크가 지금 밟고 있는 행성의 세밀한 정보였다.

'행성 내외의 구조가 개미굴의 모습까지 그려져 있군. 행성의 자기장 수준과 대기의 흐름, 그리고… 지표에 닿는 모든 광선의 밝기까지? 이봐, 이건 아테나님의 감지능력이 아

니라 이 행성에 대한 백과사전이잖아?'

지크는 다음 순간 자신의 육체가 동요하여 떨릴 뻔한 것을 아슬아슬하게 버텨냈다.

'이 모든 정보를 실시간으로 감지하고 있다고? 당신이 신이야, 무슨?'

내심 고함을 지른 지크는 얼른 생각을 고쳤다.

'아, 신이셨죠. 과연 신.'

지크가 경악하는 한편, 아테나는 자신에게 시선을 둔 채 가만히 서 있는 지크의 모습을 더 이상 두고 볼 수가 없었다.

"이 아테나에게 할 말이 있다면 어서 하라, 지크 스나이퍼여. 지금 이상의 침묵을 기다려줄 만큼 나와 자네의 인연이 길지는 않아."

"인연이 짧아서 실망이네요. 아테나님이 제 이상형인데 말이죠."

"이상형?"

자신도 모르게 뻔뻔한 말을 내뱉은 지크는 머리에 도는 피가 빠져 의식이 새하얗게 변할 것 같았으나 수습하기에는 이미 늦은 상황이었다.

'그냥 세게 나가자.'

그가 그렇게 자포자기하듯 생각한 이유는 정말 상황을

참견장이 43

포기해서 그런 것이 아니었다.

현재 아테나는 지크의 짧은 혀로 어떻게 말릴 수 있는 상황이 아니었다. 혹시 그녀가 생각을 바꾼다 해도 하이볼크가 자신에게 직접 적대감을 드러낸 그녀를 가만히 놔둘 리가 없었다.

전투는 정말 '특수한 상황'이 발생하지 않는 한 거의 필연이나 마찬가지였다.

지크는 뭔가 좋은 말을 짜 맞춰서 하느니 그냥 하고 싶은 말을 하고 그 이후의 상황을 받아들이자고 생각했다.

'그게 포기가 아니고 뭐야?'

내심 자신을 비웃은 그는 이윽고 목소리를 냈다.

"솔직하게 말씀드리는 건데요, 혹시라도 쉬프터와의 일이 잘 마무리된다 하더라도 아테나님의 신변이 보장될 거라고 생각한 적은 없었어요. 하이볼크 영감이 당신이라는 위험한 존재를 가만히 놔두고 평화를 누릴 만큼 상큼한 성격은 아니니까요."

그에 대한 아테나의 분위기는 차가웠다.

"알고 있네. 그런데 그 상식과 자네의 이상형과는 무슨 관계인가?"

"그게, 그러니까……."

말을 더 이상 하지 못하는 지크를 잠자코 바라보던 아테나의 투구가 좌우로 흔들렸다.

"내가 걱정되기도 하고, 더 이상 나쁜 상황을 보고 싶지 않아서 그랬다고 알아듣겠네."

아테나의 투구 속에서 미소를 발견한 지크는 표정을 관리하기가 힘들었다.

"긍정적이시네요."

"그런데, 괜찮겠나? 자네는 자신의 창조주에 대한 험담을 대놓고 하는군."

그녀가 묻자 지크가 어깨를 으쓱했다.

"그게 말이죠, 저는 그 영감의 피조물이라는 카테고리에서 벗어난 존재일지도 몰라요."

"무슨 말인가?"

"저는 애초부터 인간이 아니었죠."

아테나의 매서운 눈초리가 조금 느슨해졌다.

"인간이 아니었다고?"

"뭐, 지금도 인간은 아니지만… 아무튼 제가 태어난 세계의 인간들이 저를 창조했어요. 생체병기인 '바이오 로이드'의 시작품 중 하나였죠. 그런 입장의 저를 하이볼크 영감이 개조한 거예요."

"그러한 이야기를 담담하게 하는군. 하이볼크에게 은혜를 입었다고 생각하나?"

지크가 대답에 앞서 자신도 모르게 코웃음을 쳤다.

"원해서 그렇게 태어난 것도 아니지만… 그 덕에 더 지저분한 일을 하고 별꼴을 다 봐야만 했죠. 담담한 게 아니라 무덤덤한 거라고요."

"과연, 그렇군."

아테나가 쓴웃음을 지었다.

"그렇다면 자네가 나를 막을 이유는 없네. 아니, 애초부터 없었지. 내가 하이볼크에게 싸움을 거는 것이 아니라 그 전에 하이볼크가 내게 싸움을 건 것이네. 은혜는 니케님의 경우로 끝내야 했어."

잠시 잠잠했던 아테나의 힘이 니케의 이름과 함께 다시 상승했다.

"쉬프터가 만든 아폴론의 올림포스에 참여하긴 했지만 나는 그곳에 미래가 있다고 생각하진 않았네. 오히려 그토록 함께하고 싶었던 니케님과 함께 종말을 맞이하는 것도 괜찮겠다 했지. 그러나 그 니케님께서 나에게도 미래가 있다는 것을 일깨워주셨네."

지크는 아테나의 마지막 발악에 일부러 찔리고 소멸되어 그녀와 리오의 전투를 진정시킨 여신, 니케를 조금은 기억하고 있었다.

"그 이후의 시간은 자네 말대로 미래가 보이지 않아 암담

한 면도 있었네. 신의 입장이 아니라 피조물의 입장에서 앞날을 걱정하며 하루하루를 살았지. 그래서 모든 것이 소중했었네. 어제의 일을 오늘 추억한다는 것이 너무나 기뻤지."

"……."

"그것을 하이볼크가 부쉈네. 물론 내가 싸운다고 해서 해결될 문제는 아무것도 없겠지. 상황은 더욱 악화될 뿐일 거야. 어쩌면 나는 하이볼크가 아니라 이 세계의 현재 상태를 유지하고 싶은 누군가에게 당할 수도 있을 것이네."

지크는 이 미친 상태를 유지하고 싶은 정신 나간 자가 과연 세상에 있겠냐고 묻고 싶었다.

그런데 문득 그런 자가 있을지도 모른다는 생각이 들었다. 여태까지 그쪽으로 발상을 하여 자신에게 이야기를 한 자가 없어서였다.

"이것은 정당성을 따지기 이전에 감정의 문제일세. 그러니 자네는……."

"저기요."

지크가 아테나의 말을 확 끊었다.

"…뭔가?"

한참 진지하게 이야기했던 아테나가 대단히 불쾌한 표정으로 지크를 봤다.

"방금 하신 말씀, 그냥 던지신 건 아니죠?"

"방금 한 말이라니?"

"현재 상태를 유지하고 싶은 누군가라는 말씀이요! 혹시 뭔가 알고 그런 말씀을 하신 거 아니에요?"

아테나는 가볍게 던진 말에 신경 쓰지 말라는 말을 한 후 자신의 말을 자른 지크를 가볍게 꾸중할 생각이었다.

"이보게."

"예, 아테나님."

"만약 나와 자네가 말한 자가 실존한다면 무엇을 위해 그러한 행동을 할 것이라 생각하나?"

"적어도 우릴 위한 일은 아니겠죠."

지크의 말에 자극을 받은 것일까.

아테나가 찢었던 경계가 순식간에 복원되고 하얗게 발광하는 고리 두 개가 하늘에 맺어졌다.

고리들은 백은으로 만든 반지처럼 보였으나 아테나와 지크 모두 그 고리들의 실제 크기가 작은 산의 둘레와 맞먹을 만큼 크다는 사실을 곧장 감지했다.

그 고리들의 중앙에서 튀어나온 검은색의 바위 두 개가 운석처럼 하늘을 밀어내며 땅에 떨어졌다.

바위들이 떨어진 지점은 지크와 아테나가 있는 장소 인근의 언덕 뒤편이었다. 바위의 크기와 중량, 떨어지는 속도에 어울리는 충격이 흙과 바위의 파편들을 화산 폭발 순간처럼 하늘로 띄워 올렸다.

"아, 처음에 여쭙지를 못했네요."

지크가 약간 힘이 빠진 목소리로 말했다.

"아테나님의 일행은 어디 있죠? 키르히라든지."

아테나는 먹구름처럼 치솟은 흙먼지를 향해 눈을 부릅떴다. 엄청난 양의 비 말고는 수습할 방법이 없는 그 흙먼지들이 순식간에 땅으로 떨어졌다.

"피엘 플레포스와 함께 이 행성의 반대편에 있지."

"다행이라고 해야 하나요? 반대편이든 어디든 행성 자체가 버텨내질 못할 것 같은데요?"

지크는 다시 무명도를 불러냈다.

바위들이 떨어지면서 형태를 조금 상실한 언덕이 그 위쪽으로 갑자기 치솟은 팔뚝에 맞았다.

언덕의 안쪽에는 육중한 자연석이 버티고 있었으나 그 검은색의 팔뚝은 갓 구운 스펀지케이크를 자르는 톱날처럼 저항감 없이 언덕을 반으로 쪼개었다.

쪼개진 언덕을 양쪽으로 밀어내며 나타난 것은 검은색 바위덩어리, 아니 석탄을 붙여 만든 듯한 대형 사냥꾼이었다.

떨어진 바위가 두 개였다는 사실을 호소하듯 다른 사냥

꾼 한 개체가 앞서 언덕을 가르고 나온 동료의 뒤를 따라 모습을 드러냈다.

"저 녀석들, 드래고니스에 나타났던 놈들과 동일한 크기죠?"

지크는 드래고니스를 급습하여 소란을 일으킨 사냥꾼의 영상을 일찌감치 봐둔 상태였다.

그는 당시의 전투를 몇 번이나 경험했지만 역시 진품들은 달랐다. 양감과 질감, 그리고 몸에 휘감고 있는 기운의 모든 느낌들이 살인적이었다.

"쉬프터들은 저들을 중량급(重量級) 사냥꾼이라 부르더군."

아테나가 설명했다.

"호칭은 상관없겠지. 지금 이 상황에 저들이 나타난 사실이 더 중요하니까."

지크는 사냥꾼들이 걸을 때마다 땅을 통해 자신에게 전달되는 충격에 실소를 터뜨렸다.

'미지의 힘이 갑옷을 뚫고 들어오는 것 같군.'

지크는 무명도를 왼팔 보호대에 있는 거치대에 장착시킨 뒤 몸을 가볍게 풀었다.

"우리 한 번 더 긍정적으로 생각해 볼까요?"

"어떻게 말인가?"

사냥꾼들의 행동 양식에 절도가 없음을 아는 아테나는 모든 감각을 사냥꾼들에게 집중시킨 채 긴장하고 있었다.

"저 녀석들 말이에요, 혹시 우리랑 인사를 나누려고 온 걸 수도 있잖아요?"

지크와 사냥꾼의 거리에는 아직 충분한 여유가 있었다.

그러나 갑자기 거리를 좁힌 사냥꾼의 발차기가 호미처럼 지크와 아테나가 있던 땅을 긁어 올렸다.

그 일격에 타격을 입은 지면을 중심으로 퍼진 충격파로 인해 상당한 넓이의 땅이 고양이의 털처럼 일어나 엉망이 되었다.

리오도 한 번 당한 일이 있는 워프 드라이브 응용 공격이었다.

자신의 몸 전체를 은색의 입자로 흩었다가 공중에 육체를 재구성하여 공격을 피했던 아테나는 뻗어 올라간 사냥꾼의 발에서 떨어져 하늘 높이 떠오르는 지크의 모습을 보고 눈을 찡그렸다.

'무사하다고?'

한참 날아가던 지크는 공중에서 우뚝 멈춘 뒤 자세를 바로잡고 목을 좌우로 움직였다.

"너무 긍정적인 것도 안 좋네요."

아테나가 다시 몸을 입자 단위로 흩었다가 지크의 옆쪽

에 자신을 재구성했다.

"그 갑옷 덕분인가? 놀랍군. 주인님께서는 단 한 번의 공격에 방어와 관련된 모든 능력을 상실하셨는데 말일세."

"그러게 말이에요."

덤덤하게 말하면서도 심장이 벌컥거리는 상황이었던 지크는 왼팔에 거치해 놨던 무명도를 진지하게 손에 쥔 후 지상에 있는 사냥꾼들을 노려봤다.

"그런데 너무 비겁하게 피하시는 거 아니에요? 마치 신과 같군요!"

비꼬기에 가까운 농담이었다.

"아직도 농지거리를 입에 담을 수 있단 말인가? 마치 아저씨 같군."

"헤!"

지크의 투구에 붙은 고글 안쪽에 강한 전류와 더불어 푸른색의 빛이 가득 차올랐다.

전투를 준비하는 지크와 그를 관찰하는 아테나 위에 큰 그림자가 드리워졌다.

사냥꾼 하나가 그들의 머리 위로 워프하여 나타난 것이다.

지크는 사냥꾼의 그 능력에 상당한 위협을 느꼈다.

엄청난 크기와 질량을 가진 물체가 아무 기점이나 흔적

도 없이 자신의 위치를 바꿀 수 있다는 것은 싸움의 근본 개념을 완전히 뭉개 버리는, 말 그대로 반칙 행위였다.

사냥꾼의 가슴에, 정확히는 가슴의 역할을 하는 바위의 전면에 보석처럼 보이는 물체들이 잔뜩 올라왔다.

지상에 있는 사냥꾼은 자신의 팔과 다리, 팔뚝, 허벅지들을 분리하여 떠올린 뒤 그것들로 지크와 아테나를 포위했다.

"연계 공격일세! 피하게!"

아테나가 은색의 입자로 변하여 지크의 곁에서 사라졌다.

"같이 좀 피하자고요!"

공중에 뜬 사냥꾼의 가슴에서 무수한 오색의 광선들이 뿜어졌다.

갑옷이 제공해 주는 기동 능력을 이용해 광선의 무리를 피한 지크는 땅으로 쏟아질 것만 같았던 광선들이 자신을 포위하고 있던 다른 사냥꾼의 몸에 반사되어 자신에게 꺾여오는 것을 보고 숨을 멈췄다.

'운명을 바꿀 수 있는 능력이라고 하셨지?'

시류지 변환갑의 틈새가 조금씩 벌어지면서 푸른색의 전류가 새어나왔다.

'그럼 광선 정도는 꺾을 수 있겠지!'

상당한 양의 공기가 하늘의 형태를 바꿀 만큼 빠른 속도로 지크에게 몰려들었다.

집중되어 압축된 공기는 유리구슬처럼 보일 만큼 밀도가 있었다. 사냥꾼의 광선들은 그 대기의 방어벽에 굴절되어 한 차례 더 꺾였다.

그러자 오색을 띠고 있던 사냥꾼의 광선들이 일제히 붉은색으로 변했다.

지크가 만든 방어벽에 굴절되던 광선들이 방어벽을 관통하지 않고 그 내부에서 일제히 폭발했다.

폭발의 연기에서 튕겨져 나온 지크를 사냥꾼이 주먹으로 강타했다.

낙하한 장소의 지형을 바꿀 만큼 강하고 깊게 박혀 버린 그를 지상에서 대기하던 사냥꾼이 몸통으로 깔아뭉갰다.

그 일격에 의해 지각이 깨지고 어긋나면서 그 일대에 새로운 산맥이 만들어졌다. 그 싱싱한 산맥으로부터 올라오는 지열이 공기를 달궜다.

아테나가 주신계와의 전투에 대비하여 인적이 아예 없는 장소를 고르지 않았다면 대형 참사가 발생하고도 남을 상황이었다.

몸을 재구성한 아테나가 양손에 든 지노그와 프로마코스를 손가락으로 현란하게 회전시키며 몸을 한 바퀴 돌렸다.

그녀의 투구 속에서 빛나는 올리브색 안광이 주변에 떠 있는 하얀 구름들을 크게 훑고 지나갔다.

발동된 그녀의 권능은 사냥꾼 두 개체를 붙잡아 끌어 올렸고 완파된 지형을 사건이 일어나기 직전의 형태로 복구하였다.

미처 피하지 못하고 죽어버렸던 야생동물들마저 전부 되살아나 본능적인 대피를 이어나갔다.

"외적들이여, 이 아테나가 상대해 주마!"

그러나 사냥꾼 두 개체 모두 아테나에게는 관심이 없었다.

그들은 자신들의 움직임을 봉쇄한 아테나의 권능에 저항하며 지상으로 가기 위해 몸부림을 쳤다.

아테나는 그들 모두가 지상에, 땅 위에 누워 있는 지크에게 쏠려 있는 것을 확인했다.

'사냥꾼들의 심리를 이해하지 못하겠군. 지크만을 집요하게 노리고 있지 않나?'

누워 있다가 벌떡 일어난 지크는 부러져 버린 무명도를 다시 본래의 모습으로 복구시킨 후 왼팔에 다시 거치했다.

'무명도보다 내 몸이 더 튼튼하리라고는 상상도 못했어. 아니, 이 갑옷이 튼튼한 건가?'

지크는 불의의 일격을 두 번이나 멀쩡하게 버텨낸 시류

지 변환갑의 흉갑을 주먹으로 두드려 봤다.

'운명을 넘어보라는 말씀이 빈말이 아니었군.'

그는 아테나에게 붙들렸음에도 불구하고 자신을 공격하기 위해 발광하고 있는 사냥꾼들의 거대한 모습에 미묘한 공포를 느꼈다.

'저 녀석들을 상대로 뭘 해야 하는지 잘 모르겠어. 리오 녀석과 싸우는 걸 봤지만… 상식이 통하지 않을 것 같아. 내 기술 중에 저 녀석들에게 먹히는 게 있나? 지금 안전 주문을 해제한다면 과연 주신계에서 나에게 힘을 보내주긴 할까? 리오 녀석은 거의 강탈했다고 들었는데?' 걱정하는 지크의 의식 저편에서 거칠면서도 친근한 목소리가 들려왔다.

[무엇을 그리도 조심하는 것이오, 주인이여?]

디아블로의 목소리를 들은 지크는 자신도 모르게 웃었다.

[뭐야, 아저씨? 있었잖아?]

[소인은 항상 있었다오. 주인이 어떻게 행동할지 지켜보는 것도 꽤 재미있었소.]

[그럼 아테나님이랑 말싸움을 할 때도 좀 도와주시지 그랬어?]

[소인과 같은 미물이 아테나님의 심지를 꺾을 수 있을 거

라고 생각하셨소?]

 디아블로가 자신을 미물이라 칭하면서까지 아테나에 대한 존경심을 보이자 지크도 더 이상은 쉽게 말을 할 수가 없었다.

 [아테나님은 합리적인 분이지만 올림포스 시절에도 한 번 결심하시면 그 누구도 말릴 수 없는 분이었소. 도시, 아테네와 관련된 일로 제우스님의 형제인 포세이돈님을 직접 제압하실 때 역시 그랬소.]

 [그때도 고집이 있으셨다는 거네.]

 [고집이라 깎아내리지 마시오. 더불어 지금 내가 감지하고 있는 아테나님의 힘은 비정상적이오.]

 [비정상적?]

 [신의 힘이라는 것은 일단 안정기에 접어들면 세월에 따른 증가폭이 일정하게 유지된다오. 그러나 아테나님의 힘은 일찍이 목격한 예가 없을 만큼 급격하게 증가되고 있소.]

 지크는 디아블로의 목소리에서 경외심을 느꼈다.

 [주인은 모르는 것 같소만, 지금 아테나님의 힘은 쉬프터들이 만든 올림포스 행성에서 뵈었을 때 느낀 힘과 비교할 수 없소. 저 사냥꾼들을 붙들고 계시는 지금도 힘은 증가하고 있소.]

참견장이 57

[역시 경험자의 시각은 다르네.]

사냥꾼들 때문에 불안해졌던 지크의 심리가 디아블로와의 대화를 통해 점차 안정되었다.

[그렇다면 대체 어느 선까지 강해지실지 모르겠네?]

[신격이 바뀔 수도 있소.]

[응?]

[창조주급 신의 영역까지 오르실 수 있다는 뜻이오. 현재로서도 신계에서 저분에게 정면으로 맞설 수 있는 존재는 창조주급 신들뿐이오. 아마도 말이오.]

[음…….]

지크는 갑옷이 제공해 주고 있는 아테나의 각종 능력 수치를 눈으로 보고 있으면서도 비교 대상이 없어서 뭐라고 응할 수가 없었다.

[소인의 기억을 이용하여 비교 대상을 제공해 주겠소.]

디아블로의 말대로 지크의 시야에 떠올라 있는 각종 숫자의 약 5분의 1에 해당되는 숫자들이 다른 색으로 따로 표시되었다.

[저 숫자는?]

[소인이 기억하고 있는 아테나님의 전성기 시절 능력이라오. 그때도 두려울 정도였는데 지금은 그의 다섯 배라니, 믿기 어렵구려.]

[아저씨, 어째서 다섯 배일까?]

[아테나님께 어떤 계기를 마련해 준 사건이 일어난 이후 다섯 시간이 흘러서 그럴 수도 있지 않겠소?]

[에이, 설마? 아저씨, 그런 주먹구구식 계산은 내가 해야 웃기기라도 한다고.]

그러나 디아블로의 그 예상은 사실이었다.

아테나가 피엘을 쓰러뜨리고 지노그를 강탈한 뒤 헤라클레스에게 '엘피스'를 물려받은 시점부터 현재까지 걸린 시간은 불과 다섯 시간 정도였다.

[그런데, 우리 너무 태평한 것 같지 않아?]

지크는 사냥꾼들을 붙들고 있는 아테나를 미안한 마음으로 바라봤다.

[그렇긴 하오만, 사실 주인이 나서는 것보다는 아테나님께서 전투에 임하시는 것이 더 낫소. 예상으로는 간단히 정리되지 않을까 생각하오.]

[하지만 정말 떠맡겨 버리면 매너없는 놈으로 찍히겠지?]

[아테나님께서는 이미 주인을 시험하고 계시오. 사냥꾼들이 어째서 주인을 노리는지 궁금하신 것 같소.]

[뭐, 나도 궁금하니까.]

시류지 변환갑의 검은색 표면이 금속임에도 불구하고 살아 있는 근육처럼 불끈거렸다.

지크가 갑옷 전체를 자극시키듯 힘을 발휘하자 갑옷 전체에 틈이 벌어지면서 지크의 심장박동에 맞춰 점멸하는 갑옷 내부의 소재가 드러났다.

'안전 주문을… 완전히 해제!'

지크는 피엘에게 배운 그대로 주신계에 안전 주문의 해제 및 힘의 공급을 요청했다.

하지만 그가 원하는 상황은 일어나지 않았다. 리오가 그랬던 것처럼 그 역시 안전 주문을 해제하지 못했다.

"장난치지 말라고, 영감!"

지크는 요청을 반복했으나 주신계의 반응은 없었다.

아테나는 그럴 줄 알았다는 듯 사냥꾼들을 띄워놓은 채 지크의 앞으로 내려왔다.

"자네가 무엇을 하려는지 나는 알고 있네. 주신계로부터 힘을 공급받으려는 것이지?"

"오, 퀴즈에 소질이 있으시군요."

지크가 농담으로 응수하자 아테나의 코끝에서 한숨 소리가 났다.

"그 원리와 구조는 주인님을 통해 분석했다네."

"그놈이랑 대체 어디까지 간 거죠?"

"…아무튼 자네가 주신계에 요구하는 만큼의 힘을 내가 공급해 주겠네."

"농담하시는 거죠?"

지크가 겁을 상실한 나머지 그녀를 돌려서 비난했다.

"주신계에서 초당 생산하는 동력이 대체 어느 정도인지 알고 계세요?"

"자네는 알고 있나?"

"모르죠! 내가 어떻게 알아요!"

지크가 큰 소리로 외쳤다.

그러나 아테나의 마음이 불쾌감으로 오염되는 일은 없었다. 그녀는 일찌감치 지크를 '원래 그런 놈' 정도로 인식하여 아량을 베풀고 있었다.

"그렇다면 주인님께서 저 크기의 사냥꾼을 제압하실 때 쓰셨던 양만큼의 힘을 자네에게 주지. 이러면 되겠나?"

"그런 전 뭘 해드리면 되죠? 결혼?"

거기까지 가서야 아테나의 표정이 바뀌었다.

"자네, 상당히 들떠 있군?"

그것은 경고였다.

"농담이요, 농담."

"…준비하게."

말을 마무리한 아테나의 몸 주변에 인간의 눈으로는 제대로 볼 수조차 없는 초고밀도의 문자들이 스스로 빛을 내는 비단처럼 떠올라 그녀를 화려하게 장식했다.

지크의 감각기관으로 통해 그 문자들의 내용과 빛나는 비단처럼 보일 만큼 치밀한 다층구조 배열을 보고 의문을 가졌다.

'저것은 지금껏 본 적이 없을 만큼 정밀한 주신계의 입체 모형이군. 신과 천계의 생물들을 제외하고는 주신계의 중요한 요소가 문자로서 존재하고 있어. 하지만 왜?'

생각을 해보던 디아블로는 이내 섬뜩한 충격을 받았다.

'설마 주신계의 구조 전체를 모방하여 힘의 성질을 맞추실 생각이란 말인가? 저러한 방법이 성공할 수 있는지 의문이군.'

디아블로는 잠깐이나마 그녀가 미친 짓을 한다고 생각했지만 그의 흥분은 삽시간에 공포로 바뀌었다.

'창세(創世).'

디아블로는 그것 외의 방법을 떠올릴 수가 없었다.

'최소 규모의 창세가 가능할 정도의 연산 능력과 권능의 무게, 그리고 그만큼 막대한 양의 힘을 가진다면 가능하지!'

아스가르드의 최후를 목격하고 지금까지 존재해 온 그 폭염과 공포의 군주는 어린 시절 하이엘바인이라는 충격을 접했을 때 이상으로 두려워했고 또한 환희했다.

짧은 시간 만에 준비를 마친 아테나는 지크를 불렀다.

"지크 스나이퍼여, 준비됐나?"

"각오도 됐죠!"

"그렇다면 안전 주문을 해제하게!"

"기꺼이!"

지크는 다시금 안전 주문의 해제와 힘의 공급을 요청했다.

아테나는 주신계로 향해야 할 지크의 의식을 중간에 가로채어 자신이 만들어둔 가상의 주신계에 연결했다.

모형을 통해 하이볼크의 창조물들에게 해가 없도록 전환된 아테나의 힘이 지크에게 공급되었다.

시류지 변환갑의 갈라진 틈으로 보이는 내부소재가 파란색으로 달궈져 격렬하게 발광했다.

'힘이……!'

자신이 요구하긴 했지만 직접적으로 받아들인 적이 없는 크기의 힘이 폭포처럼 자신에게 쏟아지자 지크는 터지기 직전의 풍선처럼 괴로워하며 두 주먹을 움켜쥐었다.

참고 있던 그는 결국 투구 밖으로 피를 뿜어내고 말았다.

하지만 아테나는 힘의 제공을 멈추지 않았다. 그녀는 지크가 비록 리오보다 조금 느리긴 하지만 자신만의 방식으로 확실하게 소화하고 있음을 꿰뚫어보고 있었다.

"디아블로여, 이번에는 돕지 않을 생각인가?"

아테나가 묻자 지크로부터 새어나온 힘이 불꽃으로 변해 올림포스의 글자를 허공에 그렸다.

"지크 스나이퍼가 요청하지 않아서 움직이지 않는다고? 자네다운 자세로군."

가볍게 웃은 아테나는 똑바로 서서 정신을 가다듬는 지크를 보며 오른손에 든 지노그를 내밀었다.

"듣게, 지크 스나이퍼."

"예. 대신 짧게."

지크는 아직도 머리가 울리는지 손으로 뒷목을 잡은 채 괴로워했다.

"주인님께서는 사냥꾼들에 대한 대처방법을 모르셨기에 시간을 끄실 수밖에 없었지만 지금은 다르네. 나는 힘과 함께 당시의 전투 기억을 자네에게 넘겼네. 그것을 바탕으로 여유를 주지 말고 처리하게."

"아, 기억 말씀인데요, 도무지 말이 안 되는 부분이 있거든요?"

"무엇인가?"

"리오 녀석이 전투 마지막 부분에 이동 방법조차 파악이 안 되는 속도로 사냥꾼을 붙잡더라고요. 영상으로 봤을 때는 그냥 그렇겠거니 했는데 지금 받은 기억도 동일하더군요. 혹시 뭔가 생략된 게 있는 건가요?"

"그런 것은 없지만……."

아테나는 자신이 올림포스 행성에서 리오에게 얻어맞은 첫 공격도 그랬음을 기억해냈다.

"확실히 그렇군. 그것이 만약 속도가 뒷받침되는 움직이었다면 광속의 상식마저도 완전히 벗어난 일이 되고 말지."

"아테나님도 모르세요?"

"내가 감히 주인님을 의심할 위치에 있다고 생각하나?"

뒷목을 잡고 있던 지크의 손이 순간 꿈틀했다.

'제길 부러워!'

지크는 짜증을 억누르고 이성을 가다듬었다.

"의심이라기보다는… 아, 걱정 정도는 할 수 있잖아요?"

"지금은 나 역시 뭐라고 답할 수가 없군. 아무튼, 그 부분 때문에 못하겠다는 건가?"

"쪼끔 어렵지 않을까 싶기도……."

"……."

아테나의 눈빛이 싸늘해졌다.

"이번에도 농담이군. 농담이겠지? 농담일 거야."

"무, 물론이죠!"

지크는 아테나에게서 풀려나 워프로 자신의 앞에 나타나는 두 개체의 사냥꾼들을 보며 지금 자신이 갖고 있는 힘에 대해 한 번 더 파악해 봤다.

'저 괴물들과 상식적인 방법으로 싸우는 건 능력 낭비일 뿐이야. 일단 저 녀석들부터가 비상식적이잖아? 게다가 내가 익힌 무술을 쓸모없게 만드는 초대형 직들이라고.'

그가 익힌 무술은 상대의 급소와 관절 등을 노려서 유리한 상황을 이끌어내는 특수한 기술들이 대부분이었는데, 문제는 무술이 제대로 통하는 상대가 인간 혹은 인간과 비슷한 생체구조를 가진 존재 정도로 한정된다는 것이다.

그것은 지크가 자신에게 주어진 바람의 힘을 제대로 깨우치기 전까지는 해결되지 않았다.

'게다가 저 녀석들은 바람만으로는 어떻게 해결이 안 될 것 같아. 그럼 나에게 남은 게 뭐지?'

지크가 고민하는 모습을 빤히 바라보던 아테나는 힘을 다시 사냥꾼들에게 집중하여 그들을 다시 포박했다.

"지크 스나이퍼여."

"예?"

고민 도중에 그녀의 목소리를 들은 지크는 다소 놀란 목소리를 냈다.

"마법이라는 현상에 익숙한 인간이나 신들은 자네의 능력을 과소평가할지 모르지만… 아마도 자네는 하이볼크가 남겨놓은 비장의 무기일지도 모르네."

"당연한 거 아닌가요?"

지크가 아주 뻔뻔하게 나오자 잠깐 할 말을 잃은 아테나는 작게 웃음을 터뜨렸다.

"자네에게는 두 가지의 천부적인 힘이 있지. 바람의 힘, 그리고 스스로 강력한 전류를 만들어내는 힘이 그것일세. 특히 생체전기와 관련된 힘은 생물의 영역을 아득히 넘어 신에 가깝지."

"에이, 전기 다루는 생물은 저 말고도 많아요."

"하이볼크가 아니라 인간이 자네에게 부여했다는 점에서 차이가 있는 것이네. 하이볼크가 자네에게 손을 대면서 그 권능에 가까운 능력을 남겨둔 것은 분명 고의일 것이네."

지크는 아테나의 권능에 다시 붙잡혀 몸부림치는 사냥꾼들을 봤다.

그들은 기묘한 빛에 감싸인 주먹과 발길질, 그리고 온갖 색의 광선들을 뿜으며 난동을 부리고 있었다. 그 공격적인 행동 하나하나가 이 행성의 존재를 망가뜨릴 만큼 치명적이었지만 힘의 장막 바로 밖에서는 공기의 흐름조차 일그러지지 않았다.

그만큼 강력한 능력을 발휘하고 있음에도 불구하고 아테나의 힘은 디아블로의 관측 범위를 초월하여 계속 증가하고 있었다.

"듣기 좋은 말씀이긴 한데, 전 아직도 이 힘으로 그리 대단한 일을 한 적이 없어요."

아테나는 그 힘으로 사람을 한 명이라도 구했다면 그것부터가 대단한 일이라고 말하고 싶었으나 지크가 받아들이지 못할 것 같아 그만두었다.

"자네가 세운 기준에서는 아직 없겠지. 있어서도 안 됐다네. 왜냐하면 자네의 그 힘은 생물의 터전에서는 허용되지 않는 천문학적 물리현상을 제어할 수 있는 힘이니까."

아테나는 지크에게 다가가 그의 흉갑 위에 손을 댔다.

"역시 이 갑옷은 보호구가 아니라 무기였어. 그리고 자네에게는 하이볼크의 계획하에 과학기술을 극도로 발달시킨 자네 고향의 모든 지식이 깃들어 있지. 아마도 자네의 고향은 자네라는 존재를 싹틔우기 위해 수억 년의 시간을 보내야 했을 것이네."

"그, 그래요?"

"예상이지만 그럴 것이네. 자네를 조사하니 하이볼크도 마냥 졸렬하다고 평가할 수만은 없는 존재로군."

아테나의 손에서 비롯된 주황색 빛이 갑옷의 검은색 표면 속으로 흘러들어갔다.

"오딘이 제공한 이 신비로운 물질, 하이볼크가 모욕을 감수하면서까지 숨기려 했던 자네의 힘, 그리고 자네 고향의 모든 이들이 수억 년 동안 발달시킨 지식을 이 아테나가,

그것도 지금 이 시간에 연결시킬 줄이야."

아테나의 얼굴에 담백한 미소가 올라왔다.

"이것도 운명이란 말인가? 아니면 오딘이 나를 이용하기 위해 의도적으로 꾸민 일이란 말인가?"

그녀에게 대답하듯 갑옷으로부터 하얀색의 전류 한 줄기가 일어나 그녀의 손으로 빨려 들어갔다.

아테나는 그 전류를 통해 지금까지 그 누구에게도 듣지 못했던 정보 한 가지를 얻을 수 있었다.

"그분께서 살아계셨군."

"예? 누가요?"

"음, 아닐세."

고개를 저은 아테나는 지크에게서 손을 떼었다.

"이제 사냥꾼들을 해방하여 자네에게 맡기겠네. 내가 자네에게 연결해 준 모든 비밀을 사용하여 저들을 격퇴하게. 이제 내가 자네에게 해줄 일은 없을 것 같군."

"그냥 옆에 계시기만 해도 괜찮아요."

지크가 흘리듯이 본심을 말하자 아테나는 다시 웃었다.

"어리광부리지 말게."

"하, 하하."

지크는 그녀의 '수비'가 견고한 것인지, 신이라서 생각이 다른 것인지, 아니면 자신이 매력이 없어서 그런 것인지 진심으로 궁금했다.

지크의 생각을 문제없이 읽을 수 있는 디아블로는 그 세 가지 이유를 전부 더한 뒤 경험도 부족하다고 답을 주고 싶었으나 그런 가벼운 말을 할 상황이 아니었기에 침묵을 유지했다.

"일깨워 주신 능력이 뭔지 아직 잘 모르겠지만 그게 저 녀석들에게 통할까요? 리오의 공격 기술도 거의 다 몸으로 받아낸 녀석들이잖아요?"

사냥꾼이 어떤 존재인지 알기에 지크의 걱정은 계속되고 있었다. 그러나 이번에는 아테나의 인내심을 자극하고 말았다.

"아, 행여 자네가 실패하면 내가 저들을 처리한 후 하이볼크와 개인적인 면담을 하면 되니 부담 가질 필요없네. 입이 아니라 마음으로 상대해 보게나."

응원이 아니라 겁박이었다. 그녀 앞에서 몇 번이나 꾸물거렸던 사실을 스스로도 인정하는 지크는 뭐라 할 말이 없었다.

이윽고, 지크는 갑옷 곳곳에서 전류 대신 푸른색의 플라즈마를 뿜으며 사냥꾼들을 향해 날아갔다.

비행만으로도 주변 전체에 충격을 줄 수 있을 만큼 고속이었지만 아테나의 간섭으로부터 완전히 벗어난 사냥꾼들은 워프로 지크의 앞뒤에 위치한 후 그와 속도를 맞춰 움직였다.

아테나는 그들의 행동이 행성에 영향을 미치지 않도록 세심하게 관찰했다.

'시작해 볼까?'

지크가 갑자기 방향을 바꾸며 자신의 뒤쪽에 있는 사냥꾼에게 주먹을 내질렀다.

힘뿐만 아니라 공격에 대한 의지까지 집중된 순간, 주먹과 충돌한 사냥꾼의 결계가 단번에 돌파당하고 지크와 사냥꾼이 직접적으로 충돌했다.

보기 드문 푸른색의 폭발이 사냥꾼의 머리 절반과 그 밑의 어깨를 날려 버렸다.

폭발의 규모는 사냥꾼과 관련된 모든 상황들을 되짚어볼 때 매우 초라했지만 결과는 그렇지 않았다. 사냥꾼은 연결 수단을 잃고 떨어져 나간 팔을 관찰했고 지크는 폭발 순간 사방으로 퍼진 방사선들의 수치에 질겁했다.

'중성자 방사선? 지금 내가 핵융합 폭발을 일으켰단 말이야? 주먹질로?'

그는 갑옷이 특정한 각종 방사선의 종류와 수치를 믿을 수가 없었다.

'리오 녀석이 마법으로 일으키는 핵융합 폭발은 이렇지

않았다고! 중성자 방사선 따위는 나오지 않았어! 근데 난 왜 이렇지?'

놀란 것은 지크뿐만이 아니었다. 공격당한 사냥꾼과 그 파트너도 지크의 상황을 살피기 위해 그 야만적인 행동을 잠깐 멈출 정도로 고뇌하고 있었다.

[아저씨, 지금 내가 무슨 짓을 한 건지 말해줄 수 있겠어?]
[소인의 지식을 넘어서는 행동을 했소. 그보다 부탁을 하나 들어줄 수 있겠소?]
[뭔데?]
[피하시오.]

그러나 시류지 변환갑과 연결된 지크의 본능은 피하기보다 막기를 요구했다.

지크는 왼팔을 굽혀 방어를 단단히 했다.

그때 지크는 자신의 갑옷이 미지의 능력을 발휘하여 훌륭한 방어 수단을 만들어낼 것이라 믿고 있었다.

그러나 보기 좋게 배신당했다.

사냥꾼의 거대한 주먹이 갑옷의 팔 보호구에 꽂히면서 마치 피를 잔뜩 빤 모기가 뭔가에 맞아 터지듯 푸른색 플라즈마가 허공에서 파삭 튀었다.

같은 규모의 바위산보다 무거운 사냥꾼의 중량과 마찰열을 일으킬 만큼 빠른 주먹의 속도, 그리고 그 이상으로 위협적인 사냥꾼 특유의 파괴 에너지가 송곳처럼 지크의 갑옷에 꽂히고 있었다.

플라즈마를 휘감은 채 날아가던 지크는 자신의 몸에 아무런 이상이 없을 확인하고 기뻐했다.

'이 갑옷, 완전히 무적이잖아!'

하지만 그 기쁨도 배신당했다.

끝없이 날아가던 지크는 아테나가 행성을 보호하기 위해 쳐놓은 운동 방향 조작의 권능에 충돌하여 튕겨 나가고 말았다.

자신에게 걸려 있던 모든 물리적 에너지를 남김없이 되돌려 받은 지크는 몸이 부서질 듯한 격통이 몸에 달라붙은 채 떨어지지 않자 공포를 느꼈다. 더불어 갑옷도 관절 부위 곳곳에서 플라즈마와 관계없는 불똥을 뿜었다.

'운농에너지가 몸 밖으로 나가질 않아!'

지크는 고문이나 마찬가지인 상황에서 사냥꾼들에게 존경을 표했다.

'저 바윗덩어리들은 이 상황을 그냥 버텨냈다는 거잖아? 진짜 괴물인가?'

지크가 상당 시간 움직이지 못하자 몸이 멀쩡한 쪽의 사냥꾼이 작정을 한 듯 양손에 오색의 빛을 두르고 달려들어 지크를 때렸다.

참견장이 73

맞고 날아가 권능의 영역에 부딪혀 튕겨 나온 그를 사냥꾼이 다시 후려쳤다.

그 공격이 효과를 보자 사냥꾼은 낼 수 있는 속도를 짜내어 상대를 무자비하게 난타했다.

밖에서 그 광경을 사람이 봤다면 시커먼 안개 속에서 푸른색의 플라즈마가 번쩍거리며 움직이는 모습 외엔 볼 수 없었을 것이다.

그런 상황에서 지크의 갑옷과 육체, 그리고 생명이 완벽에 가깝게 유지되는 것은 상식을 넘어서는 사건이었다.

지켜보던 아테나도 자신이 느끼고 있는 모든 사항들을 믿기가 어려웠다.

'저 외계의 물질이 가진 단단함은 대체 어느 정도란 말인가? 기준으로 삼을 수 있는 물질이 내 지식 안에 있기는 한 건가? 그리고 오딘은 저 물질을 어떻게 가공했단 말인가?'

고민하는 아테나의 눈에 갑자기 크게 부풀어 오르는 푸른색 플라즈마가 보였다.

두 개의 플라즈마 줄기가 사냥꾼의 주먹을 붙잡고 비튼 뒤 능숙한 움직임으로 팔 전체를 우그러뜨리듯 비틀어 제압했다.

사냥꾼을 제압한 플라즈마의 줄기가 점차 팔의 형태를 뚜렷하게 갖췄다. 뿐만 아니라 다리의 형상을 한 플라즈마

줄기 한 쌍이 추가로 형성되었다.

몸통에 해당하는 플라즈마 불꽃 속에는 사냥꾼을 구속한 플라즈마와 동일한 자세를 취한 지크가 투구 밖으로 눈빛을 뿜어내고 있었다.

"이 녀석들만큼 크기를 키울 생각을 내가 왜 못했을까? 제길, 이거 너무 즐겁잖아!"

사냥꾼의 팔들을 일시에 해방한 지크는 자세를 앞으로 낮추면서 두 손으로 사냥꾼의 가슴을 밀어 쳤다.

단단함 따위와는 상관이 없는 개념인 플라즈마가 놀랍게도 그 형태를 완전히 유지하고 있었다.

그리고 그 이상 현상은 지크가 지겹게 익혔다가 수천 년 동안 제대로 쓸 일이 없었던 무술을 그가 원하는 스케일에 맞출 수 있도록 도와주었다.

공격당한 사냥꾼은 가슴에 큰 손상을 입으면서 뒤로 뒹굴었다.

그것은 사냥꾼의 육체뿐만 아니라 지크의 마음속에 수천 년 동안 쌓였던 열등감 중 하나가 부서지는 광경이었다.

"눈물이 날 정도로군!"

플라즈마 속의 지크는 괴성으로 환호를 지르면서 사냥꾼에게, '덩치 큰 적'에게 계속해서 주먹을 꽂았다.

지크의 플라즈마에 깔린 채 두드려 맞는 사냥꾼은 자신

의 방어 수단을 현란하게 바꿨으나 결계는 종이처럼 찢어졌고 몸 역시 파편을 튀기며 부서졌다.

"……."

조금 전에 지크가 날린 핵융합 폭발에 팔이 손상되어 움직이지 않던 사냥꾼은 재생이 전혀 안 되고 있는 어깨의 일부를 떼어내 손에 쥐었다.

"……."

사냥꾼의 손 바로 위쪽에 하얀색 고리가 만들어졌다. 그들의 등장 신호나 마찬가지인 '데우스 엑스 마키나' 현상이었다.

그 안에서 튀어나온 것은 지금껏 쉬프터들에 의해 관측된 사냥꾼들 중에서 가장 작은 크기인 초경량급 사냥꾼이었다.

그 사냥꾼은 부서진 어깨 부위를 인계받은 후 자신이 사용하고 남겨둔 고리를 통해 다시 사라졌다.

그 워프 드라이브만큼은 아테나의 권능조차도 막지 못하고 있었다.

일 한 가지를 마친 사냥꾼은 손상된 부분을 완전히 분리시키고 일어나서는 지크에게 두들겨 맞고 있는 파트너의 옆으로 이동했다.

다른 사냥꾼이 가세하자 지크는 밑에 있는 사냥꾼을 발

로 누른 채 반격하려 했다. 하지만 그에 맞춰 방금 전까지 두드려 맞던 사냥꾼의 표면에 붉은색의 보석들이 무수히 떠올라 광선을 내뿜었다.

"으으윽!"

큰 폭발에 밀려 사냥꾼을 놓아주게 된 지크는 본능적으로 왼팔에 거치하고 있던 무명도를 뽑아 들었다.

"두들길 수 있다는 건 증명됐으니 이제 잘라볼까?"

시류지 변환갑에서 흘러나오던 플라즈마들이 무명도의 칼날 속으로 흡수되면서 강하게 발광했다.

한쪽 팔을 잃은 사냥꾼과 몸 전체에 타격을 입은 사냥꾼은 자신들의 신장만큼 늘어나는 플라즈마 칼날을 보며 서로에게 팔을 뻗었다.

"어?"

지크는 형태를 잃고 하나로 합쳐져 큰 덩어리가 된 사냥꾼들을 보고 당장에라도 칼을 휘두를 것 같던 자세를 풀었다.

석탄의 언덕처럼 보이는 그 덩어리는 조금 뒤 붉은색으로 바뀌었고 곧이어 사냥꾼의 모습을 갖췄다.

이전과는 비교하기 힘들 만큼 큰 몸집이었다. 부피를 따질 필요조차 없었다. 그냥 눈에 보이는 크기가 완전히 달랐다.

덩치뿐만 아니라 실제 중량마저도 바뀌었다.

아테나는 합체하면서 증가한 중량이 대체 어디서 온 것인지 알아보려 했으나 기억을 되짚어 봐도 특별히 느껴지는 것은 아무것도 없었다.

하늘 전체가 시커멓게 변했다. 그 붉은색 사냥꾼의 존재감으로 인해 하이볼크가 세운 법칙들이 헝클어지면서 발상한 대규모 오류 현상이었다.

"피하게, 지크 스나이퍼! 어서 이쪽으로 오게!"

아테나가 고함을 지르자 상대의 막강한 힘에 허무감을 느낀 나머지 넋을 놓고 있던 지크가 가까스로 정신을 차렸다.

"아……?"

아테나 쪽으로 고개를 돌리는 지크의 머리 위에 사냥꾼의 붉은색 주먹이 내리꽂혔다.

태풍 속의 낙엽처럼 저 멀리 날아가는 지크의 모습에 아테나는 주신계의 모형을 제거하고 힘의 공급을 끊었다.

'두고 볼 상황이 아니군!'

지노그와 프로마코스를 다시 거머쥐는 아테나에게도 사냥꾼의 주먹이 낙뢰처럼 꽂혔다.

부서져야 할 그 일대의 땅이 갑자기 용암으로 변하여 새빨갛게 빛을 냈다. 충격이 만들어낸 극초단파가 국소지대에 작용하여 지각을 단숨에 녹여 버린 것이다.

무릎까지 용암 속에 빠졌던 사냥꾼은 허공에서 재구성되는 아테나의 모습을 향해 성큼성큼 걸어갔다.

아테나는 다가오는 자신의 적을 향해 비장한 표정으로 지노그를 세웠다.

"집념을 품은 이방인이여, 그대가 하이볼크와는 관계가 없기를 바라겠네. 진심으로."

\* \* \*

지크는 가까스로 의식을 회복했다.

'이상한 공간이 아니라 땅에 누워 있잖아? 여긴 어디지?'

힘을 주어 눈을 뜬 그의 의식에 하늘이 보였다. 지크는 단지 파랄 뿐인 그 공간을 멀쩡하게 볼 수 있다는 사실이 얼마나 귀중한 것인지를 다시금 느꼈다.

'내가 왜 무사한 거지?'

자신이 아직 갑옷을 입고 있음을 확인한 그는 그 붉은색의 사냥꾼이 자신에게 가한 공격을 떠올렸다.

특별한 기술 없이 그냥 힘을 주어 공격한 것은 분명한데 그 파괴력을 계산하기가 난감했다.

지크는 얼마 전에 그와 맞먹는 수치의 힘을 경험한 일이 있었다. 바로 사이악스가 행성의 자전과 공전을 가지고 장난을 칠 때였다.

'지금 내가 누워 있는 행성이 아까 싸울 때 밟고 있던 행성이라면 모든 게 잘 풀렸다는 뜻이겠지. 법칙조작 없이 행성을 쪼갤 만큼 강력한 공격이었으니까.'

감각의 회복은 곧 아테나가 바로 옆에 있다는 것을 그에게 알려주었다.

지크는 자신의 곁에서 느껴지는 아테나의 힘을 쫓아 고개를 돌렸다.

"어?"

그녀의 뒷모습을 보자마자 지크가 몸을 벌떡 일으켰다.

그곳에 있는 존재는 아테나만이 아니었다. 무려 하이볼크가 단독으로 그녀와 대면하고 있었다.

"영감?"

아테나와 마주 보고 있던 하이볼크는 잠시 손을 들어 아테나에게 양해를 구한 뒤 지크 쪽을 봤다.

"정말… '네놈들'은 종잡을 수가 없구나."

"흥, 창조주가 그렇게 말하면 쓰나?"

지크는 무릎을 잡고 힘겹게 일어났다.

"영감 표정은 왜 그 모양인데? 내 앞에서 가장 위대한 신 어쩌고 하면서 폼 잡을 때는 언제고 지금은 왜 젖내 나는 여자애처럼 질린 표정이야?"

"……."

실제로 하이볼크의 표정은 엉망이었다. 주신으로서의 위엄은 물론 자존심까지 사라져 측은할 정도였다. 그와 맞서고 있는 아테나와 비교하자면 신처럼 보이지도 않았다.

"왜 그런 얼굴을 하고 있는지 모르겠지만 집어치워."

지크가 살짝 고개를 흔들었다.

"난 영감이 진짜 싫은데, 그렇다고 그런 꼬락서니까지 보고 싶을 정도로 싫은 건 아니라고. 당신 손에 여태껏 놀아난 나는 뭐가 되는데?"

"말이 많구나."

하이볼크의 눈빛이 조금 강해졌다.

"그 갑옷은 오딘님께 받은 것이냐? 내가 아는 시류지 변환갑과는 완전히 다른 물건이 됐구나."

"이거 아니면 난 죽었다고. 이유를 알고 싶으면 발할라에 가서 물어봐."

갑옷을 해체하여 되돌린 지크는 갑자기 격한 통증을 느꼈다. 팔다리가 덜덜 떨릴 정도였으나 그는 팔짱을 낀 채로 서서 버텼다.

"볼일 보시지?"

"버릇없는 놈."

하이볼크는 다시 아테나를 봤다.

"올림포스의 군신이여, 원하는 것을 말씀하시오."

그의 말에 아테나의 분노가 짙어졌다.

"아까 말씀드렸지 않소? 리오 스나이퍼를 당장 이곳에 되돌려 놓으시오."

아테나는 리오의 이름을 또박또박 말했다.

주인님이라 부르고 싶은 마음은 간절했지만 그랬다가는 정식 회담이라 할 수 있는 지금의 자리가 퇴색될 수 있기 때문에 그녀는 냉정하게 격식을 갖췄다.

"그는 시공간 균열을 통해 우리의 신계 밖으로 완전히 튕겨나갔소. 불가능하오."

하이볼크의 대답에 주변의 땅이 잠깐 흔들렸다.

"하이볼크여, 왜 이런 극단적인 상황을 만든 것이오?"

"리오 스나이퍼가 큰 힘을 갖게 된 이유는 쉬프터를 상대하기 위해서였소, 그러나 자신의 본분과 책임을 잊고 개인적인 정의를 관철하기 위해 쉬프터와 손을 잡는 것은 반역 행위나 다름없소. 올림포스의 군신이여, 그것은 그대가 그토록 소중히 여기는 원칙과도 위배되오."

"그렇다면 그를 정식으로 재판하셨어야 하지 않소?"

"비밀 엄수에는 한계가 있소. 신계의 총력이 집중된 존재가 쉬프터의 협조를 얻었다는 사실이 알려지게 된다면 주신계의 신들뿐만 아니라 선신계와 악신계의 신들까지 혼란에 빠질 것이오."

"신계의 총력이 집중된 존재라 하셨소? 나는 성계신들이 공식적인 임무를 위해 강림한 리오 스나이퍼를 쫓아내기 위해 온갖 추태를 부린 것을 기억하고 있소. 성계신이라는 젖먹이들조차 제어하지 못하는 당신은 대체 어떻게 된 존재란 말이오?"

"……."

아테나는 답답하여 한숨을 쉬었다.

"말씀하시오. 도와드리리다."

"무엇을 말이오?"

"당신은 어째서 굴욕을 감내하고 있는 것이오?"

그녀의 말에 하이볼크는 반응이 없었지만 지크에게는 상당히 의외의 말이었다.

"…혹시라도 리오 스나이퍼가 돌아온다면 그 전에 있던 일들은 모두 없던 것으로 하겠소."

하이볼크가 말했다.

"하이볼크여……!"

아테나는 멍청함과 무능함밖에 보이지 않는 그의 행동을 납득할 수가 없었다.

"올림포스의 군신이여, 그대의 지혜를 믿고 이 자리에서 선언하리다. 나 하이볼크는 앞으로 반역을 제외한 그대의 모든 행동을 인정하고 사면하겠소. 외계의 존재들과 제한 없는 접촉 및 협력 역시 허락하리다."

"어이, 영감? 미쳤어? 쉬프터와 손을 잡아도 된다는 뜻이야?"

지크가 경악하여 물었지만 그 회색의 신은 말을 하지 않았다.

"알겠소."

아테나는 즉각 받아들였다. 지크는 고민조차 하지 않는 그녀의 행동에 또 한 번 놀랐다.

[아저씨, 신이기 때문에 저렇게 과감한 거야? 아니면 멍청한 거야?]

[정답은 말할 수 없지만 이해는 하오.]

[누구를?]

[두 분 모두를 말이오.]

지크는 디아블로도 이해하기 힘들었다.

이윽고, 주신계 천사 한 명이 하이볼크의 옆쪽에 나타나 몸을 숙였다.

그 천사로부터 몇 가지 정보를 넘겨받은 하이볼크는 주신계로 가는 문을 열었다.

"피엘 플레포스 비서관의 회수도 끝났으니 난 떠나겠소.

군신이여, 리오 스나이퍼를 대신하여 다른 이들을 이끌어 주시오."

"살펴가시오, 하이볼크여."

하이볼크와 주신계 천사가 문을 넘어 사라진 후, 아테나의 시선은 지평선 저쪽과 그 반대편을 크게 왕복했다.

"지크 스나이퍼여."

"예?"

"아무래도 나는 지금 이 세계의 근본적인 문제와 마주한 게 아닌가 싶네."

"근본적인 문제요?"

"그렇다네."

아테나가 끄덕였다.

"나는 지금껏 렘런트 사건 자체가 무엇을 위해 발생한 것인지 정확하게 결론을 내리지 못했네. 그러나 그 사건의 결과물이 이 아테나라면 불행과 우연이라는 말로 끝낼 일은 아니겠지."

"……"

"모든 것이 누군가의 계획이었다면 그 계획은 어디까지 진행된 것인가? 그리고 우리들의 진짜 역할은 무엇인가?"

지크의 표정도 진지해졌다.

"저야 모르죠."

"하하, 나도 모르니 잘됐군."

아테나의 무기와 갑옷이 은색 빛깔을 남기며 사라졌다. 지크는 다시 노예에게 어울리는 옷차림으로 돌아온 그녀를 아쉽게 바라봤다.

"괜찮다면 내 곁에서 나를 도와주게."

그녀가 부탁을 하자 하이볼크의 모습 때문에 가라앉아 있던 지크의 기분이 확 살아났다.

"기념으로 옷을 선물해 드리죠."

아테나는 자신의 옷깃을 소중히 만지며 괜찮다는 뜻을 비쳤다.

"리오 녀석은 어디 있을까요? 살아 있긴 할까요?"

"믿고 소원하세."

"흐."

웃음소리를 흘린 지크는 아까 아테나가 봤던 지평선 쪽으로 눈을 돌렸다.

그는 고대의 유적처럼 땅 위에 세워진 사냥꾼의 불그스름한 상체를 목격하고 자신도 모르게 입을 벌렸다.

혹시나 하는 생각에 반대편을 본 지크는 마치 쌍둥이 탑처럼 하늘을 향해 뻗은 채 서서히 붕괴하고 있는 사냥꾼의 하체를 발견했다.

"저놈을 어떻게 저렇게 만드신 거죠?"

"자네 식으로 얘기하자면… 하다 보니 되더군."

싱긋 웃은 아테나가 힘을 발휘했다.

"하, 든든하네요."

지크는 자신이 혹시라도 아테나에게 맞서 싸웠더라면 어찌 됐을지 상상하기조차 싫었다.

"동료들이 있는 곳으로 가세. 그리 길지 않은 여행이 되면 좋겠군."

"그러죠. 근데 일행이 누구누구예요?"

"가보면 알게 될 것이네."

둘의 모습이 그곳에서 사라졌다.

사냥꾼의 거대한 시체가 점차 빠르게 붕괴되었다.

# CHAPTER 85
심각한 일

"프라임이시여."

가면 앞쪽 전체에 해골의 무늬를 새긴 엠프레스가 앞서 우주 공간을 나아가고 있는 프라임, 프라이오스를 불렀다.

"무슨 일인가, 엠프레스여?"

석상처럼 팔짱을 낀 채 똑바로 진행하던 프라이오스는 천천히 속도를 줄인 후 해골의 엠프레스를 돌아봤다.

"회의 이후에 룩 클래스 이하의 '시계'를 모두 회수하신 이유가 궁금합니다."

"그렇군."

프라이오스는 자신의 가면 밑에 검지를 댔다.

"하지만 그것은 자네가 내 앞에서 야한 옷을 입고 앙증맞은 행동을 해도 가르쳐줄 수 없네."

"……."

"노려봐도 소용없다네."

프라이오스는 갈 길을 가자는 손짓을 하고 앞서 나갔다.

해골의 엠프레스는 그를 뒤따랐다.

"시계는 각 경작지에서 매우 유용하게 쓰이는 도구입니다. 더불어 시계를 가장 많이 사용하는 비숍 클래스들의 동요가 특히 큽니다. 부디 그들을 안심시켜 주십시오, 프라임이시여."

"이보게."

프라이오스가 다시 멈추고 엠프레스를 돌아봤다.

"내가 자네를 존중해 주는 만큼 자네도 나를 존중해 주면 안 되겠나?"

그의 호소는 엠프레스를 경직시켰다.

동포들과 관련된 문제에 한해서만큼은 어지간하면 져주고 넘어가는 프라이오스가 그렇게 발언하는 것은 드문 일이기 때문이었다.

"송구합니다, 프라임이시여."

해골의 엠프레스는 시계와 관련된 이야기를 다시는 꺼내

지 않겠다고 다짐했다.

하지만 그녀의 각오와 달리 프라이오스는 한숨을 한 번 쉬고는 목소리를 냈다.

"엠프레스여, 자네는 시계가 어떻게 만들어졌는지 알고 있는가?"

"생각조차 해본 일이 없습니다."

그녀가 그렇게 답한 이유는 상식이었기 때문이다.

쉬프터들이 시공간을 뒤틀 때 사용하는 보물, 시계는 해골의 엠프레스가 비숍 클래스였던 시절부터 존재해 온 물건이었다.

일정 반경 내의 시간을 뒤로 돌리는 그 장치는 쉬프터들이 일을 철저히 완수할 수 있게끔 해주는 최고의 물건이었다.

물론 그들이 경작지라고 부르는 신계의 창조주가 자신의 세계에 시간을 관리하는 신을 두지 않으면 전혀 쓸 수가 없는 단점도 존재했다.

하지만 그러한 경우는 시간이라는 절대적 가치마저 손에 쥐려는 창조주들의 이기심상 흔하지는 않기 때문에 전체적으로 봐서는 문제가 되지 않았다.

"시계, 즉 시공간 왜곡 장치를 개발한 자가 바로 사이악스일세."

"사이악스 프라임께서 말씀이십니까?"

"그렇다네."

프라이오스가 다시 팔짱을 꼈다.

"지금은 워프 드라이브 덕분에 프라임들이 편하게 회의를 할 수 있지만 그 전에는 주인님께서 직접 회의를 주최하셔야만 모든 프라임들이 겨우 한 곳에 모일 수 있었네. 회의의 무게감이 달랐지. 그런데 어느 날 사이악스가 시계의 시작품을 들고 나와서 주인님을 비롯한 모든 이들에게 소개했다네. 지금처럼 사소한 실수를 그냥 넘어가는 상황이 아니었기에 오히려 제안을 듣는 우리가 긴장했지. 시공간 왜곡 장치는 현재 시계라고 부를 만큼 작지만 처음에는 가장 작은 사냥꾼만큼 컸다네. 얼마나 황당했겠나?"

프라이오스는 팔을 풀고 좌우로 펼치며 그 시작품 시계의 크기를 강조했다.

"하지만 주인님께서는 그 편리한 물건을 반대하셨네. 사이악스를 비롯한 모든 프라임들이 이유를 여쭈었는데 주인님께서는 답해주지 않으셨지."

"주인님께서? 의외로군요."

해골의 엠프레스는 이야기를 집중해서 듣고 있었다.

"의외라 하기보다는 우리가 부족했던 것이지."

프라이오스가 단호하게 말했다.

"사이악스를 비롯한 모든 프라임들은 그 물건의 문제점을 밝혀내기 위해 노력했고 시간이 꽤 흐른 뒤에 주인님의 허락을 받을 수 있었지. 그리고 그 산물이 바로 자네들에게 지급되었던 시계라네."

"그렇군요. 그런데 주인님께서 처음에 반대하신 진짜 이유는 무엇입니까?"

"그것은 모르는 게 나을 것이네."

프라이오스는 부하들에게 그 사실을 알리기가 껄끄러웠고 또한 두려웠다.

그가 회의 때 나온 이야기들을 거의 다 알려준다는 사실을 알고 있는 엠프레스는 그쯤에서 탐구심을 끊을 수밖에 없었다.

"알겠습니다, 프라임이시여."

"음, 계속 가세."

프라이오스는 팔짱을 풀고 다시 움직였다. 해골의 엠프레스는 즉시 그를 따라갔다.

"사이악스는 프라임들 가운데 가장 탐구심이 깊지. 자네들은 모르겠지만 그는 프라임들 중에서 최고의 말썽꾼으로 여겨진다네."

"납득하기 어려운 말씀이군요."

"물론 자네가 나를 그 말썽꾼의 최고봉으로 올리고 싶은 마음은 이해하네."

"……."

그런 뜻으로 말을 한 것이 아니었던 엠프레스는 매우 머쓱해했다.

"사이악스는 다른 생명체에 대한 관심이 지나치게 깊다네. 경작지 내의 존재뿐만 아니라 그 외의 존재들을 관찰하여 자신의 끝도 없는 탐구심을 채우려 하지. 그 때문에 어떤 아우터 갓과 시비가 붙어서 그가 맡은 경작지의 절반이 날아간 적도 있었네."

"그렇습니까?"

"아우터 갓 중에서도 가장 상대하기 귀찮은 존재 중 하나인 '검은 안개의 신'이었지. 현재까지 기록된 아우터 갓 중에서 서열이… 두 번째였던가, 세 번째였던가?"

"네 번째 아니었습니까?"

"음, 너무 많아서 잘 모르겠군."

프라이오스가 고개를 흔들었다.

"어쨌든 사이악스가 어쩌다가 그와 얽혔는지 모르겠지만 내가 지원을 위해 도착했을 때는 정말 가관이었네. 검은 안개의 신은 경작지를 마구잡이로 때려 부수고 있었고 사이악스는 어린 동포들을 전부 후퇴시킨 상태에서 그 파괴의 현장을 즐겁게 관찰하는 중이었지."

전혀 생각 못했던 사연이 나오자 해골의 엠프레스도 할 말을 잃었다.

"결국 어찌 되었습니까?"

"흠."

프라이오스가 코웃음을 쳤다.

"사과하고 선물을 줘서 돌려보냈네. 우주 재해처럼 터무니없는 존재들은 아니니까. 그 후 사이악스는 주인님께 꾸중을 들었지."

"후우."

해골의 엠프레스는 한숨을 터뜨렸다.

"사이악스 프라임께서는 대체 왜 그런 실험을 하신 것입니까?"

"그 전까지는 아우터 갓들이 경작지를 부순 일이 없었거든. 그들이 날뛰면 경작지가 실제로 어떻게 되는지 궁금해서 그랬다고 나에게 설명을 했는데, 그 순간만큼은 사이악스를 정말 때리고 싶었다네."

"참으셨다니, 뜻밖이군요."

그녀의 말에 프라이오스가 다시 코웃음을 흘렸다.

"그게 내 약점이지."

"예?"

"난 내 동포들을 너무 사랑하거든."

해골의 엠프레스는 그의 말을 부정하지 않았다.

프라이오스가 아네라의 팜블러드 일파를 뭉갠 이유는 그들의 지역 퇴거 권고였다.

그들은 권고를 하는 과정에서 자신들이 죽인 어떤 비숍 클래스의 옷가지와 가면 등을 유린하며 공포 분위기를 조성하려 했다.

격분한 프라이오스는 팜블러드 일파 280억 명과 그들의 문화 자체를 완전히 제거했고 주인의 만류에도 불구하고 자신의 실체를 완전히 드러내어 아네라의 사냥에 나섰다.

그의 분노는 우주의 흐름마저도 간단히 뒤틀어 버렸다. 그 여파는 아우터 갓과 엘더 갓 무리들이 처음으로 단합하여 쉬프터들과의 전쟁을 선포할 만큼 치명적이었다.

주인에 의해 상황이 무마되는 한편, 프라이오스는 자신이 모르는 장소에서 아네라에게 죽어간 비숍 클래스의 유품을 손에서 떼지 못하고 오랫동안 슬퍼했다.

"부싯돌 사건만 아니었으면 더 존경을 받으셨을 텐데 말입니다."

"존경을 받자고 이 일을 하는 건 아니니 상관없다네."

프라이오스는 자랑스럽게 고개를 끄덕였다.

"아무튼, 나는 사이악스를 존경한다네."

"예?"

"프라임인 주제에 자신의 동포까지도 희생시키면서 확률과 가능성에 도전하는 자는 사이악스뿐이거든. 후후, 그는 자신에게 가장 소중한 것을 희생시키는 방법을 너무 잘 알지."

프라이오스가 짧게 웃었다.

"그런 면에서 3번 경작지에 발생한 그 특이점… 오딘이라는 존재는 정말 행운이라는 개념에게서 버림받은 자라고 할 수 있지. 행여나 그의 힘이 사이악스를 넘어선다 하더라도 사이악스의 입장에서는 결국엔 도전할 맛이 나는 확률과 가능성일 뿐이니까."

프라이오스는 유유히 우주 공간을 가로질렀다.

"그런데 그 점이 좀 불안하긴 하다네."

"예?"

"반대로 사이악스가 '그러한 성격'이기에 선택 당했을 가능성도 아예 없는 것은 아니거든."

이후 이어진 침묵은 둘이 목적지로 삼은 장소에 도착할 때까지 계속되었다.

새 경작지의 유력한 후보로 꼽힌 장소에 도착한 프라이오스와 그의 엠프레스는 장소의 수색을 시작했다.

"그나저나 이 우주는 암흑물질의 농도가 매우 짙군."

"새로운 경작지를 만들기에 부족함이 없을 것 같습니다,

프라임이시여."

"음, 사냥꾼들이 시비를 걸지 않을 공간이면 좋겠네만."

주변 우주의 상황을 살피며 부하와 두런거리던 프라이오스가 어느 순간 갑자기 손을 뻗어 엠프레스를 멈추게 했다.

"프라임이시여?"

"자네, 감지하지 못했나?"

"무슨 말씀이십니까?"

"흠, 따라오게."

프라이오스가 가속하여 어느 지점을 향해 날아갔다. 해골의 엠프레스는 그 속도를 따라잡기 위해 전력을 다했다.

이윽고, 어느 지점에 도착한 프라이오스는 가면 밖으로 굵은 숨소리를 냈다.

"시공간 균열이 왜 이런 곳에서 일어났지?"

"사냥꾼들의 짓은 아닌 것 같습니다만."

해골의 엠프레스는 자신들의 눈앞에서 서서히 아물고 있는 붉은색의 균열을 보며 바짝 긴장했다.

시공간 균열이 완전히 사라진 뒤, 프라이오스는 아까부터 지켜보고 있던 어느 장소를 향해 다시 이동했다.

그곳에는 오른손에 보라색 대검을 든 어떤 존재의 육체가 있었다.

가슴 아래쪽이 증발해 버린 그 인간형 생물체의 육체는 놀랍게도 생기를 머금고 있었다.

"보통 생물은 아닌 것 같습니다, 프라임이시여."

"이 우주 공간에서 멀쩡히 존재하는 것 자체가 이상한 일이지."

"제가 살펴보겠습니다."

해골의 엠프레스가 오른손에 낫을 꺼내 들고 그 생물체에게 접근했다.

생물체에게 낫을 들이밀던 엠프레스가 움찔했다.

"아니……?"

어찌된 일인지 생물체가 들고 있던 보라색의 대검이 엠프레스의 낫과 접촉하고 있었다.

그 생물체가 움직이는 것을 전혀 느끼지 못했던 엠프레스는 반사적으로 낫을 뒤로 물린 뒤 왼손에 자신의 힘을 집중했다.

그대로 힘을 분사하여 생명체를 제거해 버리기 위해서였다.

"기다리게."

프라이오스가 그녀를 막았다.

"프라임이시여?"

프라이오스는 설명없이 그 생명체에게 가까이 다가가 직

심각한 일 101

접 관찰했다.

'이 녀석, 방금 무의식적으로 연산 압박을 사용했군. 조금 어설프긴 했지만 분명 사이악스의 고유등식이었지. 내가 모르는 어떤 일이 또 있는 건가?'

고민하던 프라이오스는 그 검을 든 생물체를 동결시킨 뒤 워프 드라이브를 사용하여 우주의 길을 열었다.

"3번 경작지로 가세."

"예?"

"이 생물체 말인데, 아무래도 사이악스와 관련이 있는 것 같군. 회의 때도 이상한 느낌이 들었지만 다시 확인해 볼 필요가 있겠어."

프라이오스의 행동이 자신의 권한을 넘어선 것임을 직감한 해골의 엠프레스는 잠자코 그를 따르기로 했다.

워프 드라이브를 사용하여 3번 경작지에 있는 쉬프터들의 본거지에 도착한 프라이오스는 주변을 순찰 중인 사이악스 수하의 쉬프터들과 곧바로 마주했다.

"프라이오스 프라임이시여?"

룩 클래스 한 명과 그를 따르던 다수의 비숍, 나이트 클래스들이 당황했다.

"방문하신다는 말씀은 듣지 못했습니다, 프라이오스 프라임이시여."

룩 클래스의 목소리가 덜덜 떨렸다.

"음, 나도 내가 이곳에 올 줄은 몰랐네."

"예?"

"사이악스에게 내가 왔다고 일러주게. 난 이곳에서 기다리고 있겠네."

정신감응을 통하여 사이악스에게 직접 의사를 전달해도 상관없었으나 순찰대가 당황한 모습에서 측은함을 느낀 프라이오스는 최대한 여유를 두고 행동했다.

룩 클래스가 손을 가슴에 대고 허리를 숙였다.

"잠시 기다려 주십시오. 프라이오스 프라임이시여."

인사를 마친 룩 클래스는 한 줄기의 빛이 되어 본거지를 향해 날아갔다.

조금 뒤, 사이악스의 실체가 프라이오스 앞에 번쩍 나타났다.

"무슨 일인가, 프라이오스? 사건이라도 있나?"

사이악스도 의아해하고 있었다.

"갑자기 방문해서 미안하군. 여행 도중에 자네와 조금 관련이 있는 것처럼 보이는 생명체를 주웠거든."

"주웠다고?"

"보여주겠네."

프라이오스는 자신이 동결시킨 보라색 검의 생명체를 사

이악스에게 보여주었다.

그와 동시에 프라이오스는 연산 압박을 걸어 주변의 모든 것들을 정지시켰다.

그는 동결된 생명체의 두꺼운 가슴을 손등으로 두드렸다.

"이 녀석, 자네의 고유등식으로 연산 압박을 사용하더군. 그것도 무의식적으로 말이야. 이런 괴물이 있다는 얘기는 저번 회의 때도 들은 적이 없었는데, 어찌된 건가?"

"나야말로 궁금하군."

사이악스는 프라이오스가 가져온 생명체와 프라이오스를 차례로 돌아봤다.

"이 남자는 내 경작지에서 활동하는 생명체 중의 하나일세. 최근 관심있게 지켜보고 있었네만 내 경작지 기준으로 731시간 전에 행방불명되었지."

"경작지 내에서 활동하는 생명체라고? 그런 자가 어째서 3번 경작지도 아니고 1번 경작지 근처의 빈자리에서 존재를 유지할 수 있단 말인가? 해당 경작지의 경계를 벗어나는 순간 몸의 구성 물질 전체가 와해될 텐데?"

"모르겠군. 아무튼 나에게 넘겨주게. 내가 직접 조사해 보도록 하지."

사이악스의 그 말에 프라이오스의 가면 틈새에서 황금색

의 빛이 쏟아졌다.

"자네, 또 이상한 짓을 하는 건 아니겠지?"

"단언하겠네만, 이것은 내 예상을 완전히 벗어난 일일세."

"흠."

프라이오스의 가면이 다시 잠잠해졌다.

"사이악스여, 이 생명체를 조사하겠다면 나도 참여하겠네. 이것은 의장으로서의 권한 행사일세."

프라이오스가 강하게 나오자 사이악스는 고개를 설레설레 저었다.

"알았네. 그렇다면 전력을 다해 도와주게."

"그러지."

프라이오스가 연산 압박을 해제했다.

"엠프레스여."

"말씀하십시오, 프라임이시여."

해골의 엠프레스가 명령을 듣기 위해 자세를 낮췄다.

"내가 길을 열어줄 테니 자네는 본거지로 돌아가 동포들을 안심시키고 경작지를 관리하게."

"분부대로 하겠습니다."

해골의 엠프레스는 말이 끝나자마자 프라이오스가 열어준 길을 통해 3번 경작지에서 사라졌다.

"검은 안개의 신과 관련된 사건 이후 오래간만에 자네와 긴 이야기를 하게 되겠군."

중얼거린 프라이오스는 본거지를 향해 손을 내밀었다. 앞장서라는 뜻이었다.

\*　　\*　　\*

"…였단 말인가? 그래서 내가 이 남자의 구조를 파악하기가 힘들었군."

"사이악스여, 모르는 일에 탐구심을 가지는 것은 좋지만 이처럼 자네 혼자 처리할 수 없는 문제에는 동포들과 논의하는 것이 좋네."

"하하, 부정할 수 없군. 자네의 능력과 나의 어리석음을 모두 인정하겠네, 프라이오스여."

"아무튼 골치 아프게 됐군."

"이미 그런 단계는 지났다네, 프라이오스여."

"뻔뻔하군. 자네가 조금만 더 일찍 이 문제를 다른 프라임들과 공유했다면 여기까지 갈 이유도 없었네. 자네가 다른 동포들에게 알린 것은 꽤 강력한 특이점이 있다는 추측성 정보뿐이었지."

"그때 모은 정보가 딱 그 정도였네."

"믿어달라고 하는 말은 아니겠지?"

묵직하면서도 젊음이 가득한 남성들의 목소리에 리오의 의식이 돌아왔다.

'이곳은……?'

눈은 떴지만 앞이 잘 보이지 않았다.

'눈을 당한 기억은 없는데, 어떻게 된 거지?'

그는 자신의 부상 상황을 떠올려 봤다.

그가 의식을 잃기 전에 목격한 것은 예측을 훨씬 웃도는 피엘의 공격이었다.

리오는 전투 경험이나 무기의 수준을 넘어선, 자신과는 근본부터가 다른 힘의 차이를 느껴야만 했다.

'설마 그렇게 강력할 줄은 몰랐는데 말이야. 이것이 개조를 받은 자와 만들어진 자의 차이인가?'

문제는 거기서 끝나지 않았다. 피엘은 시공간의 균열을 용접할 정도의 공격을 했음에도 불구하고 힘에 여유가 있어 보였다.

'그보다 난 어떻게 된 거지? 정말 소멸될 정도의 피해를 입었을 텐데?'

하지만 현재 그의 의식은 온전했고 신경을 제외하고는 육체적 손상도 거의 없었다. 복장 역시 피엘에게 공격을 받기 직전과 차이가 없었다.

그가 피엘에게 공격을 받을 때 무의식적으로 꺼냈던 디바이너 역시 여전히 그의 오른손에 쥐어져 있었다.
하지만 공기의 성분에 조금 차이가 있었고 자신의 좌우에서 끓어오르고 있는 압박감이 엄청났다.
그는 무의식중에 머리를 흔들었다. 그의 청각을 괴롭히던 남자들의 목소리가 그 행동에 맞춰 중단됐다.
"정신이 들었군, 리오 스나이퍼."
"내가 먼저 대화를 나누고 싶은데, 괜찮겠나?"
누군가가 리오의 멱살을 잡고 거칠게 들어 올렸다.
아직 흐릿한 리오의 시야에 금속판을 겹쳐 만든 듯한 가면이 불쑥 나타났다.
'사이악스?'
그렇게 생각했지만 왠지 느낌이 달랐다.
가면만이 똑같을 뿐, 상대는 사이악스와 달리 상당히 감정적인 행동을 하고 있었다.
'누군지 모르겠지만 이번에야말로 살아서 돌아가지 못하겠군.'
리오는 쓴웃음을 지었다.
"또 다른 프라임 클래스이신가?"
그가 묻자 리오를 움켜쥔 프라임이 그를 더 높게 들어 올렸다.

"프라이오스라고 한다. 리오 스나이퍼여."

"후, 만나서 반갑군."

그의 태도에 프라이오스의 가면에서 황금색의 빛이 쏟아졌다.

"과연, 사이악스의 말대로 배짱 하나는 비정상적인 놈이군. 하지만 적대감도 없는 상대에게 모든 것을 내던지는 듯한 태도는 삼가라."

"무슨 의미지?"

"목숨을 소중히 하라는 뜻이다."

프라이오스는 리오를 침대 위에 다시 내려놓았다.

"친절하시군. 혹시 나한테 빚진 거라도 있나?"

질문한 리오는 놀라고 있었다. 쉬프터의 프라임이라는 존재가 옆집 아저씨처럼 자신에게 설교하는 모습이 너무 낯설어서였다.

"자신을 아끼는 것은 살아 있는 자의 기본이 아닌가?"

프라이오스는 리오의 안면을 손으로 거머쥐었다.

"시신경의 복구가 아직 덜됐나 보군. 내가 만져주지."

황색의 빛이 프라이오스의 손을 떠나 리오의 얼굴에 쏟아졌다.

'프라임치고는 꽤나 번거롭게 일을 하는군.'

그는 황당할 만큼 큰 규모의 사건들을 힘들이지 않고 저

질러대던 프라임이 왜 자신의 치료에 이처럼 시간을 들이는지 알 수가 없었다.

"실제로 번거로워서 그렇거든."

프라이오스의 말에 리오는 놀라지 않을 수 없었다.

"내 생각을 읽은 건가?"

"간접적으로는 매우 어렵겠지만 이렇게 직접 접촉한 상태라면 네놈의 정신 방어 체계 따위는 과일껍질보다 못하지."

프라이오스가 손을 떼었다.

"이제 보이나?"

리오가 눈을 깜박거렸다.

"잘 보이긴 하는데, 왜 번거로움을 무릅쓰고 날 치료해준 거지?"

"시간이 지나면 알게 될 거다, 리오 스나이퍼. 넌 나와 사이악스가 이곳에 다시 돌아올 때까지 이곳에서 기다려라."

곁에서 듣고 있던 사이악스가 고개를 돌려 프라이오스를 봤다.

"무슨 말인가, 프라이오스여?"

"잠자코 따라오게, 사이악스여. 설마 내가 그냥 넘어갈 거라고는 생각 안 했겠지?"

"피곤하게 구는군. 알았네."

체념한 듯 말한 사이악스는 오른손을 옆으로 내밀었다.
"엠프레스여."
그의 부름에 따라 엠프레스가 곧바로 모습을 드러냈다.
"부르셨습니까, 프라임이시여."
엠프레스는 사이악스에게 먼저 인사를 한 뒤 이어서 프라이오스에게도 고개를 숙였다.
"프라이오스와 함께 자리를 잠시 비워야 할 것 같군. 언제 돌아올지는 약속할 수 없네만, 내가 돌아올 때까지 자네가 이 본거지를 맡아주게."
"알겠습니다, 프라임이시여."
"그리고 이 남자도 자네가 챙겨주게."
사이악스는 왼손으로 리오를 가리켰다. 엠프레스의 가면으로부터 시선을 느낀 리오는 침대에 앉은 채 쓴웃음을 지었다.
"정말 다시 만나게 됐군."
그가 말을 걸었음에도 불구하고 엠프레스는 사이악스만을 바라보고 있었다.
리오는 쉬프터들과 마주할 때마다 그들이 자신을 시야에 넣고 있는지, 그렇지 않은지를 확실히 느낄 수 있었다. 하지만 쉬프터의 가면 안에 정말 얼굴이 있는지는 아직 확정을 짓지 못했다.

심각한 일 111

자신의 눈앞에서 가면을 벗고 얼굴을 드러낸 아르비스의 경우가 있었지만 그는 쉬프터 전체가 그녀와 똑같다고 생각하진 않았다.

그가 그렇게 생각한 이유는 아르비스 본인이 시각을 제외한 감각, 특히 미각에 익숙지 못하다는 느낌을 여러 차례 받았기 때문이다.

"프라임이시여."

그녀가 부른 프라임은 사이악스였다.

"저에게 내리신 명령을 한 번 더 확인하고 싶습니다."

못 들었다는 말이 아니었다. '챙겨주라'라는 추상적인 지시보다 좀 더 정확하고 세부적인 말을 듣고 싶다는 뜻이었다.

사이악스는 그것을 눈치 못 챌 만큼 어리석은 윗사람이 아니었다.

"난민으로서 보호하라는 뜻이네."

"난민… 말씀이십니까? 하지만 저 남자는 하이볼크 신계 소속입니다. 프라임께서 해당 경작지에 대해 중립을 선언하셨다고 해도 우리가 보호까지 할 이유는 없다고 생각합니다."

"음, 그렇다네. 그런데 프라이오스가 직접 보호하여 여기까지 데려왔으니 나도 어쩔 수 없지."

그 말에 움찔한 프라이오스가 무슨 헛소리냐며 질문하듯 아주 천천히 사이악스를 돌아봤다.

"의장의 결정이 아닌가?"

사이악스는 프라이오스를 본 척도 하지 않고 아쉬워했다.

"명을 따르겠습니다."

여기서 자신이 한마디 덧붙였다가는 일이 복잡하게 꼬일 것이라 판단한 엠프레스는 그것으로 상황을 끝내려 했다.

"자네 말인데, 나와 아주 긴 대화를 해야 할 것 같군."

프라이오스가 경고하듯 사이악스에게 말했다.

"하하하."

프라이오스가 아무리 화를 잘 내는 성격이라 해도 막나가는 말을 하는 법이 없음을 잘 아는 사이악스는 웃어 넘겼다.

"그럼 푹 쉬게, 리오 스나이퍼여. 궁금한 점이 있다면 엠프레스에게 물어보게."

리오는 엠프레스라고 불린 그 여성형 쉬프터를 봤다.

"엠프레스는 이름인가, 아니면 계급명인가?"

"명예직이지. 공식적인 계급은 퀸 클래스일세."

사이악스가 대신 대답했다.

"3번 경작지에 속한 쉬프터들 가운데 나와 가장 긴 세월을 함께 보낸 동포라네. 엠프레스는 모든 면에서 존중을 받을 가치가 있으며 언제든 나의 빈자리를 대신할 수 있지."

"그럼 킹보다 강한가?"

이어진 리오의 질문에 프라이오스가 고개를 갸우뚱했다.

"킹은 아는데 엠프레스를 모른다고? 정말 모르는 것인가, 아니면 들었는데 잊은 것인가?"

"듣지 못했다는 쪽이 옳겠지."

사이악스가 말했다.

"엠프레스들은 분명 자랑스러운 동포이지만 사실 경작지 내에서 하는 일은 그다지 없지 않나?"

"흠, 잔소리 말고는 없지."

사이악스와 프라이오스가 서로를 보며 끄덕거렸다.

리오는 저것이 과연 프라임이라는 이름에 어울리는 대화인지 궁금했다. 더불어 그는 엠프레스로부터 상당히 강력한 우울함을 느꼈다.

"물론 농담일세."

사이악스가 타이밍 좋게 한마디를 했다.

"우리도 가끔 장난이라는 것을 치고 싶거든."

프라이오스의 지원이 이어졌다.

"알겠습니다, 프라임이시여. 리오 스나이퍼는 제가 책임지고 난민으로서 보호하겠습니다."

엠프레스가 굽히고 나오자 두 프라임들은 만족스럽게 고개를 끄덕였다.

"그럼 잘 부탁하네."

프라이오스와 사이악스가 그 자리에서 사라졌다.

같은 공간에 엠프레스와 단둘이 된 리오는 엠프레스가 자신을 돌아볼 때까지 그 어색한 분위기를 즐겼다.

"난민이라. 오래간만이군."

그를 돌아본 엠프레스가 먼저 말을 꺼내자 리오는 디바이너를 아예 놓고 팔베개를 하며 누웠다.

본래는 자신만이 사용하는 공간의 틈새에 검을 보관해야 하지만 아까부터 그것이 열리지 않았기에 그렇게 방치하는 수밖에 없었다.

적진 한가운데라고 할 수 있는 장소에서 무기를 놓는 것은 위험한 행위였으나 리오는 자신이 검을 든다고 해서 엠프레스를 이길 수 있으리라고는 생각하지 않았다.

"쉬프터는 난민을 항상 친절하게 대하나?"

그가 물었다.

"먼저 공격하지 않고 진심으로 도움을 요청하는 난민은 최대한 우대한다. 하지만 지금처럼 난민을 거두는 경우는 거의 없지."

"어째서?"

"우주는 넓기 때문에 난민을 만날 확률도 희박할 뿐더러 표류하는 존재들 대부분은 우호적이지 않지. 너희들의 지식 수준에 맞춰 설명하자면 우주를 표류하는 생물 대부분은 적대적인 우주괴물일 뿐이다."

"알 듯하면서도 모르겠군."

"깊게 알려 하지 마라, 리오 스나이퍼."

엠프레스는 거기서 리오의 질문을 대충 잘라냈다.

호흡을 크게 해본 리오는 엠프레스의 무광 황금색 가면을 바라봤다.

"쉬프터들은 얼굴이 있나?"

"그 질문의 발단은 비숍… 아니, 아르비스겠군. 우리는 너희와 생물학적인 접점이 전혀 없으니 이상한 생각은 하지 마라, 리오 스나이퍼."

"이상한 생각?"

"방금 너의 종족 번식 욕구가 미세하게 증가했음을 감지했다."

리오는 어이가 없었다.

"뭔가 오해가 있는 것 같은데, 공주병이라고 혹시 들어봤나?"

"세균성 질병인가?"

"……."

리오는 엠프레스의 반응에서 짜증을 느꼈다.

"음… 아, 식사를 좀 하고 싶은데?"

"질병에 대한 이야기가 아직 끝나지 않았다. 리오 스나이퍼."

엠프레스는 매우 진지했다.

"그건 그냥 농담이었어."

쓸데없는 것을 어찌 설명해야 할지 고민할 만큼 너그러운 성격이 아니었던 리오는 대충 그렇게 말을 마무리하려 했다.

리오를 한참 쳐다보던 엠프레스는 일단 한숨을 길게 내쉬었다.

"네가 먹고 싶은 음식은 네가 만들어서 섭취하도록 하라."

"그 말을 들으니 쉬프터가 뭘 먹고사는지 궁금하군."

"우리는 음식 섭취를 통해서 체력을 보충하거나 축적할 필요가 없다. 우리가 사용하는 힘이 동식물에게서 추출하는 성분을 바탕으로 한다면 나는 일이 있을 때마다 은하계 단위의 식사를 해야만 하겠지."

"과연."

리오는 자신이 방금 굉장한 이야기를 들었다고 생각했다.

'확실히, 사이악스가 내 눈 앞에서 저지른 일들을 식량으로 바꿔본다면 먹는 것으로 해결할 수 있는 문제가 절대 아니지.'

리오 자신조차도 사실 음식은 보조일 뿐, 실제로 전투에 사용하는 힘의 원천은 물에서도 충분히 얻을 수 있었다.

그렇다고 물만 마시게 되면 피부와 근육, 내장기관, 골격 등을 유지하기가 어렵기 때문에 각종 식사는 반드시 필요했다.

"그럼 체력 관리를 어떻게 하지?"

"너에게 도움이 될 지식은 아니라고 판단되는군."

"나에게 식사를 반드시 대접하라고 말했던 자가 누구였더라?"

"그것과는 별개의 문제다."

쉽게 입을 열지는 않을 것 같다고 판단한 리오는 일단 고개를 끄덕였다.

"그래, 좋아. 그럼 내가 먹을 음식을 이곳에서 만들 수는 있나?"

"그 부분은 해결해 주지."

고개를 끄덕인 엠프레스는 방의 한쪽 끝으로 걸어갔다.

그녀가 근접한 벽이 육각형 모양의 작은 입자로 잘게 분해되더니 사람이 문제없이 지나다닐 수 있을 정도의 출입구가 만들어졌다.

"따라와라, 리오 스나이퍼."

쉬프터들의 본거지를 이루는 시설물들은 일부를 제외하고는 석탄의 단면처럼 윤기가 약간 섞인 검정색이었다.

천장에 번데기처럼 붙은 흰색 조명의 모습과 그림 한 장 붙어 있지 않은 복도의 무덤덤함은 시각적인 흥미를 오히려 감소시킬 만큼 끔찍했다.

"이렇게 재미없는 곳에서 어떻게 그 오랜 시간을 보낼 수 있는 거지?"

리오는 쉬프터들의 나이를 소재로 삼아 그들에 대한 것을 알아보려 했다.

"효율적으로."

하지만 엠프레스의 답변은 매우 재미가 없었다.

"…조명이 있다는 사실이 오히려 이해가 안 가는군."

"사실 필요없지만, 조명은 프라이오스 프라임께서 본거지 내에 의무적으로 설치하도록 규정하셨다."

"어째서?"

"어린 동포들에게 심리적 안정을 주기 위해서다."

"아동 교육에 신경을 쓸 줄은 몰랐군."

"우주는 그만큼 심신을 위태롭게 하는 장소다, 리오 스나이퍼. 하지만 그렇다고 해서 우리까지 일부러 거칠게 살아갈 필요는 없지."

"……"

"이해가 안 되나?"

엠프레스의 지적에 리오는 무슨 말이냐는 눈빛으로 그녀를 노려봤다.

"이해가 안 된다기보다는, 너희가 그런 말을 너무 당연하게 하는 것이 이상해서 말이야."

"넌 그만큼 우리를 모르는 것이다."

엠프레스는 발걸음을 재촉했다.

"막연한 공포라는 것은 지식의 부족에서 비롯된다. 너희가 우리에 대해서 모르고 우리를 두려워하는 것만큼 우리도 우주에 대해서 모를 뿐더러 우주를 두려워하지."

리오의 오른쪽에 위치한 벽들이 검은색을 잃고 투명하게 변했다.

리오는 그 외벽 밖으로 보이는 광활한 우주의 모습에 한참동안 빠져들었다. 밤하늘과는 다른 선명함이 이상하리만치 아름다워서였다.

"저 위대한 공간 사이에는 우리 동포뿐만 아니라 네가 모르는 각종 우주 종족들, 그리고 사냥꾼들이 존재한다. 우리는 이곳에서 그저 생활을 하고 있을 뿐, 지배하지는 못하지. 아마 앞으로도 그럴 것이다."

"말은 그럴싸하군."

내뱉은 리오가 쓴웃음을 지었다.

"그런 좋은 분들께서 왜 우리들을 가축으로 삼고 수많은 세계들을 일방적으로 경작하는 거지?"

그 질문에 엠프레스가 걷는 것을 멈추고는 리오를 돌아봤다.

"정의감에서 비롯된 질문인가, 아니면 특별한 목적이 섞인 행동인가?"

"별거 아니야. 난 배고프면 짜증을 잘 내는 편이지."

"평소에도 그런 것 같던데······?"

리오는 신기하게 시비가 걸린다며 내심 투덜거렸.

엠프레스의 답변이 이어졌다.

"경작은 우리에게 있어서 '일'이다. 그 이상은 말해줄 수 없군. 아마 프라임께서도 같은 답변으로 너에게 가르침을 주셨을 것이다."

"뭐, 언젠가 알게 되겠지."

리오는 여유를 부렸다. 엠프레스는 묵묵히 앞을 보고 걸었다.

심각한 일

엠프레스가 리오를 안내한 곳은 출입구가 없는 창고들이 무수히 존재하는 광활한 영역이었다.

'식량 저장고인가?'

잠깐 그렇게 생각을 했던 리오는 바닥을 유심히 살펴봤다.

'아니야. 아주 미세하지만 온도차가 있어. 식량 저장고라고 하기에는 오고 간 자들의 숫자가 너무 많아.'

리오는 엠프레스를 다시 봤다. 그녀는 리오의 행동에 신경 쓰지 않고 건물 중 한 곳을 향해 걸어갔다.

"이왕이면 그대와 인연이 있는 자가 좋겠지."

그녀가 손등으로 건물의 벽을 두드렸다.

"임무다."

그러자 벽면 밖으로 아홉 명의 쉬프터가 걸어 나왔다. 리오는 단단해 보이는 벽면을 커튼처럼 가볍게 밀어내고 나오는 그들의 모습에서 적잖은 황당함을 느꼈다.

구성원은 룩 클래스 한 명과 비숍 클래스, 나이트 클래스 각각 네 명이었다.

일단 엠프레스 앞에 나란히 선 아홉 명은 그녀의 뒤편에 있는 리오를 보고 당황했다.

"아니, 너는……?"

제법 큰 목소리로 반응을 한 자는 흠집이 난 가면을 쓴

룩 클래스의 쉬프터였다.

그 '흠집의 룩'은 앞에 엠프레스가 있다는 사실도 잊고 리오를 살펴봤다.

"자네가 무사한 것도 놀랍지만 이곳에 있는 것은 더욱 놀랍군. 아테나님께서 자네를 얼마나 걱정하고 계시는지 아는가?"

"허어, 누구 덕분에 우리가 이 지경이 됐는지 싹 잊으신 것 같군. 여기서 분풀이를 해도 되나?"

리오의 눈에서 살기가 올라오자 엠프레스와 흠집의 룩을 제외한 모든 쉬프터들이 긴장했다.

다른 숙소 내에 있던 쉬프터들까지 그의 살기에 반응하여 우르르 몰려나왔다.

흠집의 룩은 자신에게 압도적으로 유리한 그 상황에서 두 팔을 느슨하게 벌렸다.

"자네 역시 내 생명의 은인이지. 원한다면 그리하게. 다만 내가 아테나님께 진 빚을 갚을 때까지는 기다려주게."

흠집의 룩은 일말의 망설임도 없었다.

의외의 상황이 계속 이어지자 리오도 당혹감을 감추지 못했다.

"좋아. 그건 그렇다 치고, 아테나가 걱정했다는 걸 네가 어떻게 알고 있지?"

리오가 의심하여 물었다.

"프라임께 허락을 받아 몇 번이고 그분께 보답하려 했다네. 하지만 꾸준히 거절당했지. 아니, 그분께서 허락하실 상황이 아니었다는 게 옳을 것이네."

그의 말에 거짓을 느끼지 못한 리오는 상대가 상상 이상으로 의리가 깊은 자일지 모른다고 생각했다.

"아테나 혼자 있었나?"

리오도 걱정이 됐다.

사실 그는 현재 자신이 얼마나 오랫동안 의식을 잃고 있었는지 모르기에 걱정이라는 감정선 위에서 줄타기를 하고 있는 것뿐이었다.

만약 자신이 지나쳐 버린 시간이 한 달에 가깝다는 사실을 알았다면 그는 당장 식사고 뭐고 뒤집어 버리고 아테나와 일행에게 돌아가려 했을 것이다.

흠집의 룩은 대답에 앞서 고개를 저었다.

"자네의 일행은 피엘 플레포스와 하이엘바인을 제외하고 모두 그대로라네. 지금은 아테나님께서 남은 이들을 수호하고 계시지."

"수호하다니, 무엇으로부터?"

"사냥꾼이라네. 24시간에 한 번씩 주기적으로 자네의 일행들을 공격하고 있지."

사냥꾼이라는 말에 리오는 자신도 모르게 주먹을 쥐었다.

"너무 걱정하지 말게. 아테나님 외에도 지크 스나이퍼가 자네의 빈자리를 채워주고 있으니까."

"지크가?"

리오는 지크라는 이름이 자신에게 이토록 큰 안도감을 줄 수 있다는 사실을 그때 처음 깨달았다.

"그는 현재 올림포스에서 전투를 할 때보다 훨씬 더 강력하다네. 프라임께서는 이유를 아시는 듯하지만 말씀해 주시지 않아서 나는 잘 모르겠군."

하지만 리오는 불안감을 완전히 떨치지는 못했다.

'하필이면 사냥꾼이라니……!'

그는 사냥꾼의 강력함을 몸소 체험한 자였다.

공격력도 공격력이지만 그들의 이해할 수 없는 방어 능력은 생각만 해도 온몸의 신경이 찌릿찌릿할 정도였다.

그때, 엠프레스가 주변을 둘러봤다.

"나의 부름을 받지 않은 동포들은 모두 자리를 비켜라."

그녀의 한마디에 숙소 밖으로 나왔던 쉬프터들이 즉시 자신의 자리로 돌아갔다.

그제야 엠프레스를 제대로 인식한 홈집의 룩은 그녀를 향해 허리를 굽혔다.

"큰 실례를 했습니다. 이 부족한 자에게 지시를 내려주십시오."

"어려운 임무는 아니다, 젊은 동포여. 지금 바로 하이볼크의 경작지로 가서 음식의 재료를 구해오도록."

"…예?"

예상을 벗어난 지시에 놀란 홈집의 룩이 고개를 들고 물끄러미 엠프레스를 바라봤다.

"지시를 따라라, 젊은 동포여."

"알겠습니다."

일단 대답은 했지만 홈집의 룩은 무슨 재료를 어떻게 구해오라는 것인지 감이 잡히지 않아 가만히 있었다. 그로 인해 그의 직속 부하들도 행동을 하지 않았다.

공교롭게도 뭘 어떻게 해야 할지 모르는 것은 엠프레스 역시 마찬가지였다.

양측이 서로를 가만히 구경만 하고 있자 상황을 눈치챈 리오는 인상을 쓰며 재킷 안주머니를 뒤졌다.

'교신기가 멀쩡할지 모르겠군.'

다행이도 교신기는 밑 부분이 조금 증발했을 뿐, 기능상에는 문제가 없었다.

그는 혹시나 교신이 가능한지 알아보기 위해 루이체의 고유번호를 택하여 눌러봤지만 반응은 없었다.

엠프레스는 주머니 안에 손을 넣고 교신기를 조작하는 리오의 모습을 빤히 바라보고 있었다.

결국 그녀와 눈을 마주치게 된 리오는 오랜만에 민망함을 느꼈다.

"원한다면 그 기계의 진실을 가르쳐줄 수도 있다, 리오 스나이퍼."

"진실이라고?"

리오는 주신계에서 무상으로 지급해주는 이 기계가 그렇게 심각한 단어를 '뜬금없이' 동원해야 할 만큼 굉장한 기계였는지 의문이 들었다.

"말을 그렇게 하니 들어보고 싶군."

"그 기계는 아네라의 기술을 바탕으로 만들어졌으며 껍질까지도 수작업을 거쳤다. 또한 여러 명이 만든 것도 아니지."

"누군가가 혼자서 이걸 만들었다는 뜻인가?"

"그렇다, 리오 스나이퍼."

리오는 손에 쥔 교신기를 살펴봤다.

"뭔가 시시하면서도 굉장한 진실이군. 하지만 아네라의 기술을 제대로 다룰 수 있는 자가 주신계에 있다는 말은 들지 못했는데, 누구지? 신인가?"

"정밀성과 내구성, 그리고 소재의 가공방식을 따졌을 때 신들이 그것을 이해하여 만들었을 가능성은 없다. 아네라 종족이 직접 만든 게 분명하다."

리오는 고개를 갸웃했다.

"그 말은 너희도 이 기계의 제조자가 어떻게 생겨먹은 아네라인지는 정확히 모른다는 뜻이겠지?"

"그렇다. 하이볼크의 신계에서 가장 보안이 훌륭한 부분이었지."

"동시에 제작됐다면 의미가 없지 않나? 할당량을 일제히 만들게 한 후에 그 아네라를 제거했을 수도 있잖아?"

자신이라면 보안을 지키기 위해 그렇게 했을 수도 있을 것이라는 의견이었다.

하지만 그 뒤에 보인 엠프레스의 고갯짓은 회의적이었다.

"그렇게 하면 그 저렴한 보안을 영원히 지킬 수 있을지 몰라도 그 기계 및 그 기계에 연결된 체계를 유지하는 것에는 문제가 있겠지."

저렴한 보안이라는 말이 리오의 귓가에 오랫동안 맴돌았다.

"하이볼크의 신계가 아네라의 기술력을 완전히 습득하기

위해서는 최소 5세대 정도의 기술혁명이 필요하다. 제거하면 오히려 신계에 있어서 손해지."

"신들이 기술혁명을 필요로 한다고?"

"아네라 종족이 사용하는 숫자와 신들이 학습 없이 인식할 수 있는 숫자는 그 영역이 다르다. 학습에 의한 기술혁명이 없으면 해석조차 불가능하지."

설명을 마친 엠프레스가 망토 안에서 팔짱을 꼈다.

"그보다, 그 기계에는 무슨 볼일인가? 하이볼크 신계를 통한 광역교신은 불가능한 상태일 텐데?"

"이걸로 재료와 재료의 위치, 형태 등을 알려주려고. 말로 하는 것보다는 편하겠지."

일단 목적을 솔직히 말한 리오는 인상을 험하게 구겼다.

"하지만 지금 생각해 보니 빵과 우유만 가져와도 괜찮을 것 같아. 고기는… 마법으로 구울 수 있겠지."

"이곳에서 넌 마법을 쓰지 못한다, 리오 스나이퍼."

엠프레스의 말을 들은 리오는 시험 삼아 손바닥을 위로 향하게 한 뒤 가장 약한 마법을 구축해 봤다.

하지만 그녀의 말 그대로였다. 마법진만 구축될 뿐, 그에 해당하는 결과는 전혀 도출되지 않았다.

"이곳은 그 어떤 경작지에도 속하지 않은 우주공간이

다. 마법을 사용하는 데 필요한 조건 자체가 존재하지 않지."

"그럼 나는 무슨 수로 이렇게 살아 있을 수 있는 거지? 그렇게 완벽한 진공의 공간이라면 존재 자체가 와해될 텐데?"

"모르니까 그대를 이렇게 대접하고 있는 것이다."

설명을 들은 리오는 씁쓸한 표정으로 머리를 만졌다.

"흠, 이거 완전히 지크처럼 되어 버렸군."

"지크? 지크 스나이퍼 말인가?"

"알다시피 녀석은 태어난 장소가 좀 특이해. 마법이라는 것이 전혀 존재하지 않고 과학기술만이 발달한 세상이었지. 그래서 그런지 녀석도 마법에 대한 재능이 형편없었어."

"아주 좋은 정보로군."

그녀의 말에 리오의 안색이 고속으로 바뀌었다.

"몰랐다고?"

엠프레스는 그를 바라보기만 할 뿐, 아무 대답도 하지 않았다.

"아무튼 우리가 가져다준 음식으로 끼니를 채울 생각은 버려라, 리오 스나이퍼."

"어째서?"

"그대는 나에게 요리를 해주겠다고 약속하지 않았나?"

리오는 참으로 소녀와 같은 마음가짐이라며 속으로 황당해했다.

"하지만 고작 2인분을 만들기 위해서 음식 재료와 식기까지 전부 준비하기에는 좀 그렇잖아?"

"흠."

"그 전에 내가 왜 여기서 요리 강습을 해야 하는지 이해가 안 되지만."

"비효율적이라는 뜻이로군. 납득한다. 그렇다면 할 수 없지."

엠프레스가 오른손을 망토 밖으로 빼낸 뒤 손가락을 튕겼다.

그 신호에 맞춰 십여 명의 퀸 클래스가 엠프레스의 곁에 일제히 나타났다.

엠프레스의 호출을 받고 반사적으로 나타났던 그들은 리오의 모습에 어리둥절한 반응을 보였다.

"엠프레스시여, 저자가 본거지까지 끌려와서 공개 처형을 당할 정도로 대단한 자였습니까?"

경력으로 따졌을 때 엠프레스 다음에 위치하는 퀸이 진지하게 물었다.

리오가 묵묵히 불쾌해하는 가운데, 엠프레스가 고개를

저었다.

"그는 현재 난민의 자격으로 이곳에 있다."

"예? 이해가 가지 않습니다."

"사이악스 프라임, 그리고 프라이오스 프라임께서 정하신 일이다. 우리가 논할 일이 아니야."

"그렇다면 저희를 소집하신 이유를 듣고 싶습니다. 가르쳐주십시오, 엠프레스시여."

하지만 엠프레스는 그에 대한 대답 대신 퀸들의 숫자를 세었다.

"임무 수행을 위해 자리를 비운 퀸들을 제외하고… 나를 포함하여 모두 열일곱 명이로군. 17인분의 요리를 만들면 되겠지."

"…엠프레스시여?"

몹시 놀란 퀸들을 뒤로 한 엠프레스는 오른손 검지를 뻗어 리오를 지적했다.

"17인분의 요리다, 리오 스나이퍼."

"……."

리오는 예상을 할 수 없는 이 상황에 어찌 반응을 해야 할지 몰라 가만히 있을 수밖에 없었다.

그는 만약 쉬프터들을 한 번에 죽일 수 있는 독이 자신의 손에 있다면 그것으로 그녀들을 이 쓸데없는 고뇌에서 영원히 해방시켜 주고 싶다는 생각까지 해봤다.

"그래, 너희들이 먹는 양을 잘 모르니 최대한 넉넉하게 잡아보도록 하지."

적당한 요리를 떠올린 그는 교신기에 각종 재료와 자신이 정한 양, 그리고 필요한 식기들을 적어서 흠집의 룩에게 보여주었다.

"마지막 재료가 중요해."

"마지막?"

교신기를 건네받은 룩은 화면의 끝자락을 살펴봤다.

"양념이 아닌가?"

"내 동료들에게 맡겨놨던 가방 안에 있지."

무슨 말인지 이해를 한 룩은 고개를 끄덕였다. 엠프레스와 킨들 역시 그 의미를 모르지는 않았지만 잠자코 있었다.

"재료의 위치를 모두 기억했네. 조금만 기다리게."

리오에게 교신기를 돌려준 룩은 엠프레스를 돌아봤다.

"엠프레스시여, 데려갈 동포들을 직접 선정해도 되겠습니까?"

"그렇게 하도록."

"감사합니다."

그것으로 어쩌다 보니 중요하게 되어버린 임무를 정리한

엠프레스는 손짓으로 퀸 클래스들을 귀환시켰다.

"리오 스나이퍼여, 다시 나를 따라오도록."

"이번엔 또 어디로 데려갈 거지?"

"그대는 룩이 다시 돌아올 때까지 나에게 직접 관리를 받을 것이다."

어깨를 으쓱거린 리오는 말없이 엠프레스를 따라 그 자리를 떠났다.

식재료 확보라는 낯선 임무를 받은 홈집의 룩은 엠프레스와 리오가 숙소를 나간 후 팔짱을 끼며 긴 한숨을 쉬었다.

그는 생각을 정리하고 있었다. 그 진지한 모습의 선배를 동료들과 함께 바라보고 비숍 클래스가 결국 참지 못하고 목소리를 냈다.

"룩이시여, 이런 시시한 일에 왜 그렇게 고민하십니까? 사냥꾼의 옆구리를 도려내서 가져오라는 말도 없었으니 바로 처리하도록 하지요."

"정말 시시한 일이라고 생각하나?"

"아니었습니까?"

말을 꺼낸 비숍은 물론 다른 이들까지 웅성거렸다.

"상황파악이 잘 안 되는 모양이군. 그렇다면 알기 쉽게 설명해 주지."

흠집의 룩이 목소리를 가다듬고 진지하게 말했다.

"사이악스 프라임께서 하이볼크의 신계에 관심을 가지신 이유 중에 가장 심각한 것은 그분조차 느끼시지 못한 시간의 왜곡이 발생했기 때문일세."

"그렇지요."

"사실 그 부분은 그리 중요하지 않아. 프라임께서 직접 하이볼크의 신계를 날려 버리신다면 귀찮은 일은 그것으로 끝이거든. 하지만 프라임께서는 몸소 하이볼크의 팔다리를 끊고 그들이 어떻게 행동하는지를 관찰하셨네."

"팔다리를 끊으셨다는 것은… 프라임께서 올림포스 행성에 강림하시여 직접 그들을 소환하시고 가르침을 주셨을 때를 말씀하시는 겁니까?"

"그렇다네. 그 결과 그 진까지 우리에 대한 정보를 더 얻기 위해 슈리메이어 반 스나이퍼라는 미끼까지 던지며 발악하던 하이볼크는 그 얄팍한 저항을 그만둬야 했지. 하지만 문제는 그 다음이야."

흠집의 룩이 쓴 가면에 아련한 빛이 올라왔다.

"아폴론의 소멸을 끝으로 규모가 큰 사건은 종결되어야 했지. 하지만 사건은 끊이지 않았네. 사냥꾼까지 개입하면서 예전보다 더 복잡해졌지. 그것도 부족했는지 리오 스나이퍼가 우리의 본거지에 나타난 거야."

"……."

홈집의 룩의 가면에서 나오는 빛이 한층 강해졌다.

"요리와 관련된 표면적인 문제 빼고, 지금까지 벌어진 모든 일들이 정말 시시하다고 생각되나?"

"…죄송합니다."

비숍 클래스가 즉시 고개를 숙였다.

"자네들은 이곳에 있게."

"룩이시여?"

"얼마 전에 새로 들어온 어린 동포들과 함께 가겠네. 재료를 구하는 것은 자네들 말대로 시시한 일이니까."

홈집의 룩은 바로 돌아서서 다른 숙소로 향했다. 남겨진 비숍과 나이트 클래스들은 서로를 보고 몇 마디 대화를 나눈 뒤 자신들의 숙소 안으로 들어갔다.

가장 구석의 숙소 앞에 선 홈집의 룩은 숙소의 벽을 두드리기 전에 생각을 정리해 봤다.

'내가 일을 너무 가볍게 보는 것이 아닐까?'

그가 긴장하고 있는 이유는 그가 기억하는 첫 번째 재료인 '신선한 고기' 때문이었다.

'악마왕 아스타로트의 기계식 방목장에서 키워지는… 황금 갈기 암소의 안심 부위였지?'

거기서 홈집의 룩은 생각하는 것을 잠시 멈췄다. 시작부터 뭔가 막막하게 느껴지는 이 식재료가 왠지 얼토당토않게 느껴졌기 때문이다.

'고기라면 시장에서 돈을 주고 사와도 문제가 없지 않은가?'

그는 즉시 고개를 저었다.

'아니야. 이건 빵이나 과자를 사는 문제와는 달라. 신중해야겠지.'

그는 가면의 이마 부분에 엄지를 제외한 손가락 네 개를 대고 고민했다.

'음, 아무튼 조건이 제법 까다롭군. 내가 아는 한도 내에서 아스타로트의 구역은 보안 수준이 꽤 높은 장소였으니까.'

흠집이 난 그의 가면 속에서 한숨 소리가 났다.

'최악의 경우 아스타로트와 마주쳐서 싸워야 할지도 모르겠군. 악마왕 급의 최고위 악마들은 나 혼자서 역부족일 수도 있어. 협상이라는 방법을 쓸 수도 있지만 아스타로트의 성향을 봐서라도 어느 정도는 대비해야겠지.'

고개를 끄덕인 흠집의 룩은 손등으로 벽을 두드렸다.

"동포들이여, 해야 할 일이 생겼다."

그의 부름에 두 명의 나이트 클래스와 한 명의 비숍 클래스가 벽을 헤치고 나왔다.

셋의 가면에는 아무런 무늬도 없었다. 그들은 '고향'을 떠나 이곳에 배치된 지 불과 한 달도 안 된 자들이었다.

하지만 경력만 없을 뿐, 신체적인 조건은 다른 쉬프터들과 다르지 않았다.

"부르셨습니까, 룩이시여?"

그들의 마음은 드디어 임무를 받는다는 기대감에 부풀어 있었다.

"진지하게 처리해야 할 임무가 생겼다, 어린 동포들이여."

"어떠한 일이든 명령해 주십시오, 룩이시여!"

나이트 클래스 중 한 명이 목소리에 기합을 넣어 말했다.

"이제부터 나와 동포들은 식재료를 확보하기 위한 작업에 돌입한다."

식재료라는 말에 어린 쉬프터들은 매우 당황했다.

"룩이시여, 식재료라는 말을 이해할 수가 없습니다!"

감적색 옷감을 두른 비숍 클래스가 용수철처럼 빠르고 탄력 있게 의문을 드러냈다.

"우리들은 특별한 상황을 제외하면 음식물을 섭취할 필요가 없지 않습니까?"

"그렇지. 하지만 엠프레스님을 포함한 퀸 클래스 선배들께서 원하신다네."

그러자 나이트 클래스가 실망하여 고개를 저었다.

"납득할 수 없습니다, 룩이시여! 경작지의 신들을 제어하고 추수에 방해가 될 만한 사건을 미리 정리하는 것이 우리의 임무가 아닙니까?"

"나이트 클래스답지 않게 생각이 깊은 동포로군."

룩은 자신을 향해 목소리를 높인 나이트 클래스의 어깨를 손으로 짚었다.

"분명 이번 일은 어느 정도 경력을 쌓은 동포들도 이해하여 받아들이기 힘들 만큼 특별한 일이다. 쉬울 수도 있고 터무니없이 어려울 수도 있지."

"그런 일에 대체 어떠한 의미가 있는 겁니까?"

비숍 클래스가 투덜거리듯이 질문했다.

"경험은 독특할수록 가치가 있지."

거기서 말을 끊은 홈집의 룩은 고개를 갸웃거렸다.

"아주 오래전에 프라임께서 나에게 해주신 말이라네. 내가 이 말을 다른 이들에게 전할 줄은 생각 못했지만."

"잘 와 닿지는 않는군요."

비숍 클래스의 불만은 여전했다. 하지만 홈집의 룩은 그의 무례를 아무렇지 않게 받아들였다.

"기회는 반드시 오게 될 것이네. 그때까지 죽지 않는 한 말일세."

"······."

"그럼 마지막으로 자네들의 의사를 묻도록 하지. 나와 함께 가겠나, 아니면 이곳에서 대기하겠나?"

"저는 따르겠습니다."

나이트 한 명이 즉시 대답했다. 반면 다른 두 명은 침묵 속에 고민했다.

"편하게 생각하게. 나를 따라와도 좋고 남아도 좋네."

홈집의 룩이 말했다.

그가 그들을 데려가려는 이유는 경력이 있는 자들을 가능한 한 본거지에 남겨두고 싶어서였다.

식재료 확보라는 일 자체에서 죽을 각오를 해야 할 만큼의 난이도를 느끼지는 못했던 그였다. 실제로 그가 걱정하는 것은 본거지 쪽이었다.

사냥꾼들이 본거지를 직접 공격한 것은 불과 한 달 전의 이야기였다. 이후 본거지를 옮기고 은폐 공작과 경비를 더욱 철저히 했지만 사냥꾼들의 무한한 능력을 봤을 때 이곳마저 들키지 않는다는 보장은 없었다.

물론 경력자들을 아껴봤자 사냥꾼들을 처리하는 것은 엠프레스나 퀸들이겠지만 홈집의 룩은 눈앞에 있는 어린 동포들이 당황하거나 공포에 억눌린 나머지 싸우지도 못하고 허무하게 소멸당하는 것만은 막고 싶었다.

이윽고, 남은 비숍 클래스와 나이트 클래스가 결심하고 흠집의 룩을 봤다.

"따르겠습니다."

"많은 가르침을 부탁드리겠습니다, 룩이시여."

그들의 결심을 들은 룩은 고개를 끄덕여 그들을 칭찬해 주었다.

"알겠네. 그렇다면 식재료 확보에 앞서 개인적으로 만나고 싶은 분이 있으니 그쪽으로 먼저 가세."

"예, 룩이시여."

어린 쉬프터들은 흠집의 룩이 만나고 싶다는 자가 누구인지 조금 궁금했다.

[경작지에서 활동 중인 다른 선배인가?]

룩을 따르던 나이트 클래스가 동기들에게 정신감응을 이용하여 물었다.

[그럴 리가? 저분은 우리 경작지의 룩 클래스 가운데 가장 경력이 긴 분이시라고. 뭔가 이상해.]

비숍 클래스가 대답했다.

[난 네 말뜻을 전혀 모르겠어.]

다른 나이트 클래스가 그들의 대화에 불쑥 끼어들었다.

[멍청이! 네가 그렇게 무식하니까 나이트 클래스가 된 거

야! 저 선배께서 존칭을 붙일 분은 적어도 퀸 클래스 이상이시라고! 하지만 퀸 클래스님들은 특별한 일이 없으면 경작지에 내려오지 않으셔!]

비숍 클래스가 날뛰듯이 자신의 의식을 전달했다.

[아하.]

그의 말뜻을 이해한 나이트 클래스는 고개를 끄덕이고는 검지로 비숍 클래스를 지적하며 그의 현명함을 칭찬했다.

[그럼 특별한 일을 하고 계시는 퀸 클래스님이 계신가 보군.]

비숍 클래스는 상대의 순박한 대답에 열이 치밀어 올랐으나 전혀 말이 안 되는 건 아니었기에 대충 속을 진정시켰다.

홈집의 룩이 그들을 이끌고 간 곳은 3,000명이 함께 쓰고도 남을 만큼 넓은 크기의 대형 전송장치를 중심으로 만들어진 전송실이었다.

어느 정도 경력이 있는 쉬프터들은 전송장치 없이도 단독으로 경작지의 끝자락까지 이동할 수 있었다. 그러한 공간이동 기술은 쉬프터로서의 기본 능력이었다.

하지만 홈집의 룩과 함께 온 어린 쉬프터들은 실수를 저지르는 경우가 많았다. 최악의 경우 좌표를 잘못 이해하여 태양과 같은 초고열의 항성 한가운데로 진입하는 경우가 있기 때문에 어린 자들에 한하여 기계 장치를 쓰곤 한다.

파란색의 망토를 걸친 비숍 클래스 여러 명, 즉 정비반은 전송실로 들어오는 홈집의 룩을 미처 발견하지 못할 정도로 바쁜 상황이었다.

이유는 본거지의 이주에 따른 대대적인 정비 및 보안 요소의 강화였다.

"아, 무슨 일이십니까?"

비숍들 가운데 한 명이 다급히 룩에게 다가왔다.

"어린 동포들과 함께할 임무가 있네. 지금 사용할 수 있는 전송장치가 있나?"

"예, 저를 따라오십시오."

룩은 안내에 따라 파란색 망토의 비숍을 따라갔다. 홈집의 룩과 함께하기로 한 세 명의 어린 쉬프터도 그 뒤를 따랐다.

"정비반으로 옮긴 보람은 있나?"

룩이 묻자 파란색 망토의 비숍은 대답에 앞서 웃음을 터뜨렸다.

"그 남자와 만날 일이 없다고 생각하니 너무 편하군요."

"그 남자?"

"아시지 않습니까? 리오 스나이퍼라는……."

정비반의 비숍은 누군가의 이름을 매우 조심스럽게 말했다.

"자네가 그와 만난 적이 있나?"

"예, 지금은 아르비스라고 불리는 비숍 클래스와 함께 작전을 하다가 그와 대적했습니다. 대적했다기보다는 저 혼자 무단으로 이탈했다는 편이 옳지요."

대답을 한 비숍은 두려움을 떨쳐내듯 한숨을 쉬었다.

"그래서 비숍의 망토를 반납하고 정비반으로 간 것이었군. 그런 일을 내가 왜 몰랐지?"

"처벌받아 소멸될 각오를 했습니다만 프라임께서 다시 기회를 주셨지요. 게다가 제가 겁쟁이라는 비밀까지 지켜주셨습니다. 이보다 더한 영광이 어디 있겠습니까?"

"으음."

흠집의 룩은 그렇게 대화를 끝내려고 했다. 동포들을 뒤로하고 도망친 그의 생각을 이해할 수는 없었지만 사이악스가 그를 용서하고 기회를 준 이상 자신도 그에 따르는 것이 당연하다 생각했기 때문이었다.

하지만 흠집의 룩을 뒤따라오는 어린 쉬프터들의 생각은 달랐다.

"그 리오 스나이퍼라는 녀석, 본거지에 있습니다만?"

앞서 걷고 있던 정비반의 비숍이 발을 헛딛으며 비틀거렸다.

넘어지는 그를 가볍게 부축한 흠집의 룩은 쓸데없는 말을 한 어린 비숍을 쏘아봤다.

"신중하지 못한 행동이었다, 어린 동포여."

"죄송합니다, 룩이시여."

하지만 태도는 매우 불량했다. 사과하는 자의 분위기가 전혀 아니었다. 나이트 클래스들이 그에게 눈총을 보냈지만 상황은 달라지지 않았다.

"그 괴물이 정말 우리 본거지에 있단 말입니까?"

파란 망토의 비숍이 룩의 팔을 붙들고 물었다. 흠집의 룩은 상대에게서 실타래처럼 엉킨 광기와 두려움을 느꼈다.

"걱정하지 말게. 엠프레스께서 그를 감시하고 있다네."

"어째서 그 괴물이 우리의 보금자리까지 침범한단 말입니까! 프, 프라임께 여쭙고 싶습니다! 저를 프라임께 데려가 주십시오!"

"진정하라니까!"

흠집의 룩이 비숍의 가면에 손바닥을 댄 후 붉은색의 빛을 쏘았다. 그 빛은 비숍의 두건을 뒤로 벗겼을 뿐, 신체적 손상을 주지는 않았다.

비숍의 발작에 가까운 반응도 단숨에 안정되었나.

"…죄송합니다, 룩이시여."

"다른 이들을 믿고 자신의 본분을 다하게, 동포여."

다시 파란 망토의 비숍에게 안내를 받아 작은 전송장치에 탑승한 룩은 문제성 발언을 한 어린 비숍의 배를 주먹으로 쳤다.

"집중하라, 어린 동포여."

"죄송합니다."

어린 비숍은 통증도 느끼지 못할 만큼 당황하고 있었다. 설마 선배 비숍이 자신의 발언으로 인해 그만큼 광적인 반응을 보일 줄은 몰랐기 때문이다.

그의 감정은 목표가 된 장소로 전송되기 직전 파란 망토의 비숍과 마주하면서 더욱 가라앉았다.

'제정신이 아니야!'

그는 선배 비숍이 뭔가 사고를 저지를 것 같아 룩을 부르려 했으나 그들은 말을 하기도 전에 이미 어느 행성의 나무 그늘 아래에 전송된 상태였다.

"본거지에서 문제가 발생할 것 같군."

홈집의 룩도 문제를 인식하고 있었다.

"나는 엠프레스께 보고를 할 테니 자네들은 이 그늘 아래에 가만히 있도록 하게."

"아……."

나이트 클래스 한 명이 나직이 신음 소리를 냈다. 날벌레를 쫓기 위해 휘둘렀던 손끝이 그늘 밖으로 살짝 나갔기 때문이다.

잠깐 긴장했던 흠집의 룩은 한참 가만히 있다가 한숨을 쉬며 몸을 폈다.

"지금 그 행동으로 인해 우리 모두가 죽을 뻔했다, 어린 동포여."

"예?"

"이 행성에는 무시무시한 신이 있지. 얼마 전에 프라임께서 회수하신 '시계'가 우리 손에 있다 하더라도 소용없을 만큼 강력한 신이라네."

경작지에서 활동하는 신에 대해 어느 정도 교육을 받고 왔던 그들은 지금 룩이 하는 말을 쉽게 받아들일 수가 없었다.

"신들은 탄핵의 판결만 적중시킨다면 가볍게 분쇄할 수 있는 존재가 아닙니까?"

나이트 클래스 중에 한 명이 따지자 흠집의 룩은 고개를 저었다.

"그것은 본체를 관리자, 즉 주신에게 맡긴 일반형 신에게

나 통하는 경우라네. 모든 것을 스스로 관리하는 자립형 신은 능력에 따라 탄핵의 판결을 무시할 수도 있지."

"아, 교육을 받을 때 자립형 신에 대해서 들은 적이 있습니다."

비숍 클래스가 말했다.

"그들은 아우터 갓이나 엘더 갓의 씨앗이 될 수도 있다지요? 경작지 내에서는 매우 희귀하다던데, 경험을 위해서라도 직접 만나 보고 싶군요."

"나를 말인가?"

옆에서 갑자기 들린 여성의 목소리에 어린 비숍이 깜짝 놀랐다.

흠집의 룩을 포함한 모든 이들은 자신들과 함께 나무 그늘 아래에 있는 여성을 바라봤다.

비록 입고 있는 옷은 속살이 다 보일 정도로 허름했지만 새벽녘의 수풀처럼 생생한 검은색 머리카락과 압도적으로 신선한 올리브색 눈동자, 그리고 온몸에서 흘러나오는 파괴적인 신성함이 모든 쉬프터들을 짓눌렀다.

'힘이 한 달 전보다 두 배 이상 강해졌다고?'

흠집의 룩은 자신의 감각을 의심했다.

그녀가 흠집의 룩을 봤다.

"또 자네로군."

한숨을 쉰 그 여신은 발산하는 힘을 줄였다. 겨우 몸을 추스른 홈집의 룩은 그녀에게 정중히 머리를 숙였다.

"이렇게 서투른 모습으로 뵐 생각은 아니었습니다. 수호신 아테나님이시여."

그를 제외한 어린 쉬프터들은 자신들을 단번에 감지해 버린 여신, 아테나를 경악의 눈으로 바라볼 뿐이었다.

## CHAPTER 86
습격

'모르겠어.'

어린 비숍은 룩에게 인사를 받고 있는 여신, 아테나의 모든 것을 이해할 수 없었다.

어떻게 자신들의 존재를 알아차렸는지, 이동 방법은 무엇이었는지, 잠재된 힘의 양은 어느 정도인지, 그리고 자신들이 왜 두려움에 빠져 있는 것인지 감이 오지 않았다.

"이번에는 무슨 일인가?"

아테나가 차분하게 물었다. 흄집의 룩은 그녀에게서 힘의 증가 외에도 전보다 굳건해진 정신을 느꼈다.

"두 가지 이유로 찾아뵈었습니다."

"다행이도 심심풀이를 위해 온 것은 아니로군."

"저는 아무 의미 없이 은인을 뵐 정도로 염치가 없지는 않습니다."

"음."

아테나는 고개를 끄덕였다.

"나도 내 동료들에게 행선지를 알리지 않고 왔다네. 그러니 고개를 들고 서서 이야기하게. 모두가 나를 걱정할 테니까."

"알겠습니다."

흠집의 룩이 바르게 상체를 일으켰다.

"리오 스나이퍼의 생존을 확인했습니다."

다음 순간 흠집의 룩은 그녀의 눈꺼풀이 미세하게 움직인 것을 확인했다.

"나의 주인께서는 무사하신가?"

"만났을 때 특별한 이상은 느끼지 못했습니다. 육체와 정신 모두 강건했습니다."

아테나는 지난 한 달 동안 가장 듣고 싶었던 이야기를 들었음에도 불구하고 호흡까지 정갈했다.

계속되는 그 차분함은 흠집의 룩을 다시 놀라게 만들었다.

한 달 전에 만난 아테나는 분노에 의해 타락하여 신으로서의 자격까지 잃어버리는 게 아닐까 싶을 정도로 불안정한 모습이었다.

홈집의 룩은 아테나가 피엘 플레포스를 주먹질 한 방에 반파시키고 피엘이 가지고 있던 올림포스의 보물, 지노그를 강탈하는 모습을 직접 목격했다.

룩은 당시 드러난 그 순간적 힘의 격차를 신과 피조물의 태생적 차이라고 예상했다.

바꿔 말하자면 수천 명의 신을 직간접적으로 경험했던 그조차도 당시의 상황을 이론적으로 이해할 수가 없었다는 뜻이다.

주신계에서는 인간계와 주신계의 초현실적 경계를 부수려는 아테나를 체포하려 했으나 그녀는 본래 지노그에 존재하지 않았던 기능을 전쟁과 지혜의 권능을 이용하여 새로이 구축하면서 압도적으로 주신계를 위협했다.

그러나 아테나가 공공의 적이 되는 최악의 상황은 일어나지 않았다.

그녀가 경계를 부순 직후 사냥꾼들이 그녀의 앞에 나타난 것이다.

"주인께서는 포로의 입장이신가?"

그녀가 물었다.

"난민의 입장입니다."

"난민?"

"프라임께서 결정하신 일이기에 자세히 말씀드릴 수가 없습니다. 이해해 주십시오."

"그렇군."

아테나는 눈을 감은 후 왼손을 가슴 위에 얹었다.

"감사하네. 지난 한 달 동안 쌓였던 마음의 피로가 모두 날아갈 만큼 좋은 소식이었네."

그녀가 미소를 짓는 것과 동시에 쉬프터들이 서 있는 나무 그늘 안쪽이 꽃향기로 채워졌다.

시선을 위로 한 나이트 클래스는 계절을 완전히 무시하고 꽃망울을 열어버린 나무를 보고 깜짝 놀랐다.

'온도에 의한 변화가 아니야. 저 신의 감정에 반응하여 나무조차 기뻐하고 있단 말인가?'

아테나의 마음에 반응한 것은 나무뿐만이 아니었다.

피어나는 계절이 완전히 다른 꽃들이 동시에 들판을 채웠다. 아주 먼 곳에 떨어진 소나무 숲에서는 송홧가루가 구름처럼 일어났다.

더불어 주변의 언덕과 산까지 녹색으로 차올랐다.

'땅에 뿌리를 박은 모든 생명들이 반응하고 있다! 계절 단위로 축적되는 태양과 달의 힘을 삽시간에 충족시키는

것인가?'

어찌 됐든 분석을 해보려고 했던 비숍 클래스가 두 손을 덜덜 떨었다.

쉬프터들이 목격하고 있는 것은 이론을 완전히 벗어난 힘, 즉 '기적'이었다.

홈집의 룩까지 긴장했다.

"아테나님, 죄송하지만 지금 이 행성 전체의 환경이 당신과 공감하여 최고조에 달했습니다. 더 이상 힘을 발휘하신다면……."

"알고 있네."

아테나가 눈을 뜨고 팔을 내린 뒤 뒤를 돌아봤다.

"하지만 지금 진정해 봤자 소용도 없지."

하얗게 발광하는 고리가 쪽색의 하늘 한가운데에 맺어졌다. 그 고리로부터 붉은색의 껍질을 가진 대형 물체가 떨어졌다.

하늘을 가로지르는 동안 그 물체로부터 팔과 다리들이 두껍게 자라났다.

홈집의 룩을 비롯한 쉬프터들은 자신들의 모든 것이, 심지어 싸울 의지까지 중력에 이끌려 땅속으로 쏟아지는 느낌을 받았다.

'초중량급(超重量級) 사냥꾼……?'

흠집의 룩은 긴장했고 어린 쉬프터들은 패닉에 빠졌다.

지축을 울리며 착지한 사냥꾼의 머리에서 큼지막한 보석이 솟아났다. 눈의 역할을 하는 것으로 추정되는 그 보석은 목표물로 삼은 아테나를 향해 반짝거렸다.

여신은 두려움없이 상대를 바라봤다.

"사냥꾼들을 매일 상대하다 보니 의문이 들더군."

아테나가 말했다.

"나는 개인적인 불쾌감을 완전히 배제하고 그대들에 대해서 생각해 봤네. 그 결과 나는 그대들에게서 개인적인 욕심이라는 요소가 어느 정도 결여되었다는 것을 느꼈지. 그것은 거세라기보다는 진화 과정에서 온 퇴화라고 판단되었네."

"나쁘지 않은 해석입니다."

흠집의 룩이 말했다. 어린 쉬프터들은 그가 초중량급 사냥꾼을 앞둔 이 상황 속에서 제정신으로 대답을 했다는 사실에 경외감을 느꼈다.

"쉬프터를 과도한 진화의 산물이라 한다면 사냥꾼은 무엇인가? 우주의 창조 원리와 물질구성의 법칙을 완전히 무시하는 자들이, 우연히 탄생할 가능성마저 없는 존재들이 우리들의 눈앞에 나타나는 이유는 무엇인가? 아니, 이유가 아니라 '원인' 이라고 말해야 하는가?"

"……."

"지금 떠오른 것인데, 프라임 클래스들은 그 탁월한 현명함을 통해 정답에 가까운 결론을 얻었을지도 모르네. 그랬기에 자네들 모두가 예전과 달리 '시계' 없이 내 앞에 나타났겠지."

흠집의 룩이 움찔했다.

"어찌 아셨습니까?"

"소지품을 확인하는 것 정도는 어렵지 않네."

흠집의 룩은 한층 더 긴장했다.

"실제로 변화가 있었나?"

아테나가 물었다.

"저는 프라임께서 내리신 결정을 평가할 그릇이 못됩니다."

그것이 그가 지금 내놓을 수 있는 최선의 대답이었다.

"그렇군. 그렇다면 사냥꾼에 대한 의문은 나중에 계속 이야기하도록 하세."

아테나는 저 멀리 서 있음에도 불구하고 그 거대함을 마음껏 과시하고 있는 사냥꾼을 향해 주먹을 쥐며 걸어갔다.

"자네, 내 주인님의 생존을 알리는 것 외에 다른 용무가 있다고 했지?"

"그렇습니다만……."

"그럼 어서 이야기하게. 자네도 알겠지만 저 사냥꾼은 정말로 강하니까."

현재 흠집의 룩은 지옥의 한가운데에 있는 듯한 느낌을 받고 있었다.

초중량급 사냥꾼이 세상에 뿌리는 압력은 쉬프터들에게 있어서 살인적이었다. 심리적인 공포뿐만 아니라 육체의 실제적 마비까지 느낄 정도였다.

그때, 사냥꾼의 가슴팍 한가운데가 열리면서 마치 수정으로 만든 성(城)처럼 반짝이는 구조물이 올라왔다.

아테나에게 끝을 맞춘 그 구조물로부터 온갖 색으로 빛나는 광선이 두껍게 뿜어졌다.

흠집의 룩은 그 공격이 무엇인지 잘 알고 있었다.

'질량 연소 공격!'

그것은 말 그대로 물질의 질량 자체를 강제로 소모시키는 힘이었다.

하지만 아테나는 자신에게 밀려오는 광선을 그저 바라보며 걷기만 했다.

'저것이 지면에 박히면 이 행성 전체가 우주에서 증발된다! 설마 운동 방향 조작으로 공격 방향을 바꾸실 생각이신가?'

그러나 아테나는 흠집의 룩과 전혀 다른 생각을 하고 있었다.

 그녀가 입고 있는 허름한 상의의 한가운데에 뱀 모양의 머리카락을 가진 여성의 머리가 바위벽에 목탄으로 그린 무늬처럼 떠올랐다.

 아테나의 코앞까지 온 광선이 옷에 떠오른 무늬에 반응하여 맹렬한 기세로 중화되었다. 쉬프터들에게는 그것이 물리적인 충돌이 아니라 화학적 반응처럼 보였다.

 '강제적 질량 생성? 창조인가? 혹은 역산?'

 흠집의 룩은 어째서 아테나의 옷에 무늬가 나타난 뒤에 그런 일이 벌어졌는지 알고 싶었다.

 '아니, 저 무늬를 어디선가 본 적이 있어.'

 그는 가면에 손을 대고 기억을 더듬어봤다.

 '아이기스? 설마 아이기스를 회수하여 방패 그 자체를 자신의 몸에 심으셨단 말인가?'

 불가능한 일은 아니었다. 헤파이스토스가 만든 방패에 메두사의 머리를 일체화시킨 신화의 장본인이 바로 아테나 자신이었기 때문이다.

 '재창조.'

 룩의 가면 위에 한 쌍의 안광이 날카롭게 떠올랐다.

 '아이기스라는 물건 및 그 물건이 만들 수 있는 모든 현상을 완전히 분해한 후 자신의 일부로서 재창조한 것이다!

하지만 그런 일은 아무리 신이라도……!'

흰색이었던 그의 안광이 주황색을 거쳐 붉은색으로 바뀌었다.

'아니, 창조주급 신이라면 가능하다!'

사냥꾼의 공격이 중단되고 그 공격에 의해 뒤틀리고 손상된 모든 것들이 본래의 모습으로 돌아왔다.

아테나는 다시 사냥꾼을 향해 걸음을 옮겼다. 땅이 아니라 꽃잎 위를 나비처럼 디디며 걷던 그녀가 허공을 계단처럼 오르기 시작했다.

그녀가 입고 있던 허름한 옷이 하늘의 계단을 오르는 것에 맞춰 담백한 은색을 띈 전신갑옷으로 변하였다.

왼손에는 프로마코스가, 오른손에는 피엘에게 강탈한 지노그가 쌍을 이루어 나타났다.

두 자루의 창을 쥔 아테나로부터 밝은 빛의 파동이 터졌다. 그 힘은 아테나를 향해 움직이려던 사냥꾼의 몸 전체에 큰 압력을 주었다.

"자네, 나머지 용무에 대해서 이야기하지 않을 생각인가?"

아테나가 조금 큰 목소리로 질문했다.

"잠시 매혹되어 잊어버렸습니다."

자신도 모르게 말에 멋을 부린 흠집의 룩은 그 직후 매우 당황했다.

'이 분위기에서 양념을 가지러 왔다는 말을 해야 한단 말인가?'

가면에 뜬 안광마저 잃어버린 룩은 고민 끝에 바로 옆에 서 있는 나이트 클래스의 어깨를 짚었다.

"들어라, 어린 동포들이여."

"말씀하십시오."

"우리는 간혹 임무를 위해서 자신의 명예를 더럽혀야 할 때도 있다."

"명심하겠습니다."

지목당한 나이트 클래스는 흠집의 룩이 분명 굉장한 말을 하기 전에 가르침을 주는 것이라 여겼다.

"아테나님이시여."

"이야기하게."

"리오 스나이퍼가 남긴 물건을 받아가고 싶습니다."

룩을 비롯한 쉬프터들은 돌아선 아테나와 정면으로 마주했다.

"나에게서 또 무엇인가를 앗아가겠다는 건가?"

"양념입니다!"

흠집의 룩은 결국 체면을 내던지고 다급히 외쳤다.

"양념?"

"그게 없으면 그자가 요리를 만들 수가 없습니다! 당신의 결정에 따라 그는 끼니를 굶을 수도 있고……!"

"그런 의미였군."

아테나의 위압감이 줄어들었다. 더불어 쉬프터들의 발끝 앞에 갈색의 가방이 나타났다.

"가져가게. 그리고 어서 떠나게. 내가 저 사냥꾼을 힘으로 억누르는 것에는 한계가 있으니까."

"당신의 승리를 기원하겠습니다!"

급히 공간의 문을 연 홈집의 룩은 다른 자들을 문 안으로 밀어 넣은 뒤 모든 힘과 기술을 동원하여 문 앞을 막았다.

초중량급 사냥꾼이 두 팔을 들며 자신을 압박하고 있던 아테나의 권능을 유리창처럼 박살 냈다. 그때 발생한 압력이 룩의 방어 체계를 모조리 부수고 그가 막아서고 있던 공간의 문까지 파도치게 만들었다.

만약 그가 몸을 던져 문을 가로막지 않았다면 공간의 문 내부까지 사냥꾼의 힘이 밀려들어 가면서 먼저 들어간 쉬프터들을 분쇄했을 것이다.

자신의 목숨과 문을 가까스로 지켜낸 룩은 쓰러지듯 문 안으로 자신을 던져 넣었다.

의식을 잃기 전, 홈집의 룩이 마지막으로 본 것은 시커멓게 변한 공간 속에서 사냥꾼을 향해 날아가는 아테나의 모습이었다.

\*    \*    \*

지크는 삽시간에 복구되는 푸른 하늘을 바라보며 눈에 쓰고 있던 고글을 이마까지 올렸다.
"저기요, 녀석이 여기에 나타날 걸 알고 계셨던 거예요?"
"그런 것은 아닐세."
갑옷과 무기를 해제하며 지크가 있는 곳으로 걸어온 아테나는 다시 힘을 내어 주변 환경의 복구를 마무리했다.
"모르시면서 행성 반대편까지 급속으로 이동하신 이유가 뭔가요?"
"쉬프터들을 만났네. 그들에게 주인님에 대한 정보를 들었지."
"정보요? 혹시 녀석들이 리오를 붙잡고 있나요?"
"난민의 자격으로 그들의 본거지에 계신다는 말을 했네. 아무튼 포로를 붙잡은 자의 어감은 아니었네."
"골 때리게 됐네요."
아테나는 빙긋 웃어 그의 말에 동감을 나타냈다.
"아무래도 사냥꾼들은 나를 추적하는 것 같군."
"뭐, 새로운 사실은 아니잖아요?"

"그렇지."

아테나가 끄덕였다.

"차라리 계속해서 나를 노렸으면 좋겠군."

지크의 얼굴이 그가 입고 있는 바지만큼이나 파랗게 변했다. 다른 것은 다 참겠지만 그것만큼은 싫다는 뜻이었다.

그 표정을 본 아테나는 저편을 보며 아쉬워했다.

"난 자네와 함께라면 그 이상의 적이 닥쳐와도 견딜 자신이 있네. 하지만 자네의 생각은 다른 것 같군."

"아니, 그게 아니라……!"

"농담일세."

그러면서 아테나는 방긋 웃었다.

최근 들어 그녀에게 유린당하는 빈도가 높아진 지크는 억울했으나 그녀가 정말 기분이 좋은 것 같아 화를 내지 못했다.

"숙소로 돌아가죠."

"그러세."

지크와 아테나의 모습이 그곳에서 사라졌다.

그들이 일행과 함께 사용하는 장소는 폐광 인근의 유령 마을이었다.

일행들은 앞서 일어난 사건들로 인해 여행의 의미를 잃었을 뿐만 아니라 언제든지 행성을 날려 버릴 수 있을 만큼 강력한 초중량급 사냥꾼들이 하루에 한 개체씩 아테나를 노리고 오는 통에 특별한 행동을 할 수가 없었다.

결국 그들은 성계신이 관리를 포기하여 떠난 후 거의 방치되다시피 한 현재의 행성을 골라 어떠한 계기가 마련될 때까지 기다리기로 했다.

그것이 벌써 한 달째였다.

본거지로 돌아온 아테나와 지크는 그 유령마을의 관청 건물로 들어갔다.

그곳에는 약 보름 전부터 일행에 멋대로 합류한 손님이 있었다.

"아, 오셨군."

마침 식사 중이었던 흰 수염의 애꾸눈 신, 오딘은 관청 안으로 들어오는 아테나를 반가운 미소로 맞이했다.

"사냥꾼을 상대하는 시간이 점점 짧아지는구려. 군신은 역시 다르오."

"익숙해졌을 뿐입니다."

그녀는 오딘의 곁에 앉아 있는 하이엘바인을 봤다.

아테나의 그 새로운 친구는 벌써 한 달이 넘도록 기운을 되찾지 못하고 의자에 축 늘어져 있었다.

그녀는 오딘이 먹여주는 음식을 그저 받아먹기만 할 뿐, 그 외의 행동은 일체 하지 않았다. 그나마 식사도 오딘이

오기 전까지는 제대로 하지 못했다.

"하이엘바인님은 어떠십니까?"

아테나가 걱정했다. 지크는 성격상 그런 꼴을 보기 싫었기에 볼 것도 없는 장소에 억지로 눈을 두고 있었다.

"마음의 상처가 너무 큰 모양이오. 쉽지 않구려."

오딘은 작게 자른 고기를 포크로 찔러 하이엘바인의 입에 넣어주었다.

"자신의 용기없는 행동이 그 큰일의 시작이 될 줄은 몰랐나보오."

오딘은 하이엘바인의 은발을 손으로 쓰다듬었다.

"이 아이는 신족으로서 오랜 세월 동안 수많은 일을 겪어왔소. 하지만 그 일이라는 것의 대부분이 적과 맞서 싸운 것뿐이라……."

오딘은 말끝을 흐렸다.

앞에 나타난 적을 죽인다. 그것만큼 과정과 결과가 확실한 일은 없었다.

하이엘바인은 최전선에서 압도적인 힘과 기량, 정신력을 바탕으로 전쟁을 이끌었을 뿐, 지혜를 발휘하여 전쟁의 국면 전체를 좌우한 적은 없었다.

반대로 아테나는 군신으로서 전쟁이 그렇게 단순한 개념이 아님을 알고 있었다.

그녀는 우두머리들의 어처구니없는 생각이나 행동을 계기로 수십만의 목숨이 오락가락하게 되는 상황을 수없이 목격했고 또한 허용 범위를 넘어서지 않도록 개입해 왔다.

하이엘바인은 자신의 그러한 단점을 알고 있었으나 지상에 내려온 이후 그녀는 겉으로 드러내지만 않았을 뿐, 심한 열등감에 꾸준히 시달렸다.

일어나는 일들의 대부분의 그녀의 상식을 비웃었고 그녀를 보좌하던 리오는 이따금씩 피로감을 드러냈다. 그럴 때마다 그녀가 품은 '미안함'은 열등감으로 변해 마음에 축적되었다.

그녀가 해소하지 못한 그 감정은 결국 그녀로 하여금 반드시 행동해야 할 때 자기 자신만을 생각하게끔 만들어 버리고 말았다.

이후 하이엘바인은 아테나와 키르히를 구하려 하는 리오를 돕는 것으로 스스로를 구원하려 했으나 하이볼크에게 조작당한 피엘에 의해 실패로 끝났다.

반드시 옳다고 판단한 일마저 그렇게 꺾여 버리면서 그녀의 마음도 결국 어둠 속에 빠지고 말았다.

아테나를 비롯한 일행 모두가 그녀를 위로하고 다독여 주었으나 소용없었다. 닫힌 마음은 쉽게 열리지 않았고 이후 계속 이어진 사냥꾼들의 습격은 상황을 더욱 악화시

컸다.

 사건이 일어난 후 보름 정도가 흘렀을 때, 오딘이 그들의 주둔지에 홀연히 나타났다.

 일단은 하이엘바인을 위해 강림한 것이었지만 오딘은 그 외에도 수많은 일들을 했다.

 그는 사냥꾼이 나타났을 때 지크와 아테나가 전투에 전념할 수 있도록 일행과 행성을 사냥꾼의 파괴 능력으로부터 보호해 주었다.

 이 행성에 남아 있는 생명체의 숫자는 지능을 가진 존재들에 한하여 2,000만이 채 되지 않았다. 더불어 숫자는 식물, 곤충, 동물들과 함께 자연적으로 감소하고 있었다.

 번식 시점과 본능 자체가 그를 알게 모르게 조절해 오던 성계신과 함께 사라져 버린 탓이다.

 그것이야말로 신에게 버림받은 행성의 말로였다.

 오딘은 사라진 성계신 대신 그 모든 것들을 조절할 수 있었다. 아테나 역시 군신이자 수호신이었던 만큼 어려운 일이 아니었다.

 그러나 둘 다 행성에 손을 대지 않았다. 오딘은 하이볼크가 알아서 판단할 일이라며 선을 그었고 아테나 역시 말만 안 했을 뿐, 오딘의 말에 공감했다.

 "제가 하이엘바인님을 모시겠습니다."

"알겠소."

아테나에게 자리를 양보한 오딘은 하이엘바인의 입가를 깨끗한 헝겊으로 정돈해 주고 고기를 다시 데운 후 손수 그것들을 자르는 군신의 모습을 지켜봤다.

"군신께선 상냥하시구려."

"어린 저를 소중히 돌봐주신 분이 계십니다. 그분의 정성에 비하자면 지금의 제 행동은 실례나 다름없습니다."

"니케님 말이오?"

"니케님을 알고 계십니까?"

"제우스님께 들었소."

오딘의 풍성한 수염이 미소를 머금고 움직였다.

"이곳에 오기 직전에 말이오."

하이엘바인에게 고기를 먹여주고 다시 그녀의 입가를 정돈해준 아테나는 지그시 웃었다.

"제우스님의 생존 사실을 숨기지 않으시는군요."

"알고 계실 것 같아서 그랬소. 이 행성에서 당신을 처음 만났을 때 나를 보는 당신의 눈에서 그러한 느낌을 받았소."

오딘이 대답하자 지크가 흠칫했다.

"영감님, 지금 작업 거는 거예요? 나이를 생각하세요!"

"흠, 나도 남자란다. 게다가 이 자리에서 너보다 더 젊고

매력적인 모습을 가질 수도 있지."

오딘의 뻔뻔한 대답에 지크의 얼굴이 파랗게 질렸다.

지크가 왜 그리 흥분하는지 이해하지 못한 아테나는 그와 오딘의 대화를 일과 관계없는 농담으로 치부하고 하이엘바인에게만 신경 썼다.

"제우스님께서는 아테나님의 격이 언젠가는 높아질 것이라 믿으셨소. 그 믿음의 실현을 직접 경험하니 제우스님께서 당신을 얼마나 신뢰하셨는지 잘 알 것 같소."

"좋은 말씀은 감사드립니다만, 그보다 주인님… 아니, 리오 스나이퍼에 대한 중대한 정보가 들어왔습니다."

오딘이 끄덕였다.

"들었소. 아테나님께서는 그 정보를 신뢰하시오?"

"믿지 못할 근거는 없다고 생각합니다. 쉬프터들의 입장에서 봤을 때 그 일은 사소할 수도 있습니다. 일부러 거짓을 이야기할 이유는 없겠지요."

그때, 아테나는 하이엘바인이 자신의 손목을 붙잡는 것을 느꼈다.

한 달여 만에 그녀가 반응을 보이자 아테나는 밝게 웃으며 하이엘바인의 얼굴을 자신의 품에 안았다.

"걱정하지 마십시오, 하이엘바인님. 무슨 일이 있더라도 이 아테나가 그분을 구해내겠습니다."

하이엘바인은 아테나를 두 팔로 꽉 껴안았다. 아테나는 영롱한 반사광마저 잃은 그녀의 은발을 부드럽게 만져주었다.

오딘과 지크는 아테나의 맹세가 이루어질 가능성을 회의적으로 낮춰 잡았다.

'쉬프터가 리오 녀석을 난민이니 어쩌니 하며 데리고 있는 이유를 모르는데 어떻게 되돌려 받겠다는 거지? 난 감도 안 잡히는데?'

지크의 생각이었다.

오딘 역시 그와 비슷한 표정을 짓고 있었다. 반면 생각은 전혀 달랐다.

'특별한 방법이 필요하겠군.'

오딘의 눈가에 차가운 바람이 스쳐 지나갔다. 그 눈빛을 본 사람은 아무도 없었다.

\* \* \*

조금 늦게 회의실 안으로 들어온 프라이오스는 자신의 자리에 아무것도 없자 자연스럽게 또 다른 프라임, 파이록스를 봤다.

"오늘의 주제 말고 내가 알아야 큰일이 또 있나?"

프라이오스는 파이록스가 회의 때마다 매번 놓아두던 부 싯돌들의 안부를 그렇게 빙 돌려서 물었다.

파이록스가 고개를 돌려 프라이오스를 응시했다.

"임시 회의가 이렇게 연거푸 열리는 것은 실로 처음 있는 일이지. 개인적인 감정을 앞세워 시간을 지체하고 싶진 않네."

"옳은 판단일세, 파이록스."

의장석에 앉은 프라이오스는 원탁 중앙을 향해 오른손 주먹을 꽉 쥐었다. 그 주먹의 틈새로부터 그가 갖고 있는 정보들이 주황색의 빛으로 바뀌어 원탁의 한가운데를 향해 흘러들어갔다.

원탁 중앙에 뭉친 정보의 빛은 곧바로 입체적인 화면으로 바뀌어 회의에 참여한 모든 프라임들의 감각에 전달되었다.

"설명을 할 겸 내가 먼저 이야기하겠네."

프라이오스가 말했다.

"정보는 생각보다 방대할 것이네. 정확히 해석하는 데 1, 2분 정도는 소요되겠지."

프라임들의 연산 능력으로 1, 2분이 걸린다는 말은 굉장히 큰일이라는 뜻이나 다름없었다.

"하지만 그만큼 중요하다네. 부디 하등한 생물의 해석 자료라고 대충 넘기지 말고 자네들이 알고 있는 모든 정보와 대조하여 확인해 주기 바라네."

"어느 정도나 중요하단 말인가?"

프라임 중 한 명이 물었다.

"조금 절망적일 수도 있네."

"불충분 설명이로군. 지난번 회의 때처럼 동포들을 믿지 못하겠다는 건가?"

상대의 항의에 프라이오스는 잘라 끊듯 고개를 끄덕였다.

"사냥꾼에 대한 정보를 각자 관리한 순간부터 우리들의 신뢰는 무너진 것이네."

"그렇다면 계속해서 동포들을 믿지 않겠다는 뜻이군!"

다른 프라임이 항의했다.

프라이오스는 진정하라는 의미에서 손을 위아래로 흔들었다.

"목소리를 높이기 전에 내가 전해준 정보들을 확실히 받아들이고 이해해 주게. 자네들의 평가를 듣고 싶군."

경고를 담아 말한 프라이오스의 가면에서 황금색의 빛이 쏟아져 내렸다.

"나와 사이악스는 자네들이 이 정보를 보고 어떠한 반응을 보일지 매우 기대가 된다네. 고약한 장난을 치고 그 결과를 기다리는 어린아이의 기분이야."

하지만 프라이오스의 목소리에서 장난기를 찾을 수는 없었다.

사이악스가 침묵한 가운데, 모든 프라임들은 프라이오스가 전달한 정보를 해석해 봤다.

그로부터 얼마 뒤, 프라이오스와 사이악스를 제외한 프라임들은 큰 충격에 빠졌다.

하지만 놀라움에 미쳐 아무것도 하지 못할 만큼 당황하는 자는 없었다. 모든 프라임들은 각자의 방식으로 두 명의 프라임들이 전해준 '중요한' 정보를 분석해 보거나 프라이오스, 혹은 사이악스가 보충하여 내놓을 말을 차분하게 기다렸다.

"3번 경작지에만 이러한 일이 벌어졌다고 생각해야 하나?"

파이록스가 묻자 사이악스는 웃음 섞인 한숨을 지었다.

"인간들이 관용적으로 하는 말을 빌리자면… 운이 없었다고 해야겠지. 후후, 하필 왜 우리 경작지가 표적이 됐을까?"

"……."

"개인적인 감정으로는 지금 당장 하이볼크를 삭제해 버린 뒤에 자네들과 함께 오딘의 목을 갈무리하여 주인님께

바치고 싶다네. 하지만 분노의 힘을 빌려 일을 마무리하기엔 너무 늦고 말았지."

"뭐가 늦었다는 건가!"

듣고 있던 파이록스가 주먹으로 원탁을 내려쳤다. 그 일격에 원탁은 물론 그 방의 벽과 천장까지 혼잡한 균열이 일어났다.

"나와 함께 당장 그 특이점을 제거하러 가세! 자네가 난민으로 받아들이고 있는 그 웃기는 존재도 함께! 프라이오스는 자신이 세운 철칙 때문에 녀석을 죽일 수 없었을지 몰라도 난 달라!"

"쿨럭."

프라이오스가 헛기침을 했지만 파이록스는 그를 돌아보지 않고 시이악스에게 계속해서 말을 퍼부었다.

"녀석들은 폭주하는 항성이나 다름없네! 자네의 경작지는 물론이고 우리 쉬프터 전체의 존엄성까지 망가뜨릴 것이네!"

"진정하게."

사이악스가 고개를 저었다.

"일의 배후를 몰랐다면 당연히 자네와 손을 잡고 같이 갔겠지. 하나 지금은 그럴 상황이 아니지 않나?"

어깨를 으쓱이며 자신을 말리는 사이악스의 모습에 파이

록스는 더욱더 분노했다.

"그럼 하이볼크를 부추기세! 녀석도 진실을 알게 되면 우리의 발바닥을 핥으며 동조하겠지!"

"글쎄? 과연 하이볼크가 전혀 모르고 있을까? 지금은 하이볼크조차 미지의 영역에 두어야 한다네."

"경작지 내의 창조주 따위가 뭘 알겠나!"

파이록스의 목소리가 점점 더 높아졌다.

"오딘 역시 한때는 경작지 내의 창조주였네."

사이악스는 끝까지 이성적으로 행동했다.

"으음!"

결국 화를 참지 못한 파이록스는 다시 원탁을 내려치려 했으나 묵묵히 원탁과 벽, 천장을 복구시키는 프라이오스의 모습을 보고 주먹을 거두었다.

"진정하고 듣게."

프라이오스가 말했다.

"현재 우리는 오딘의 세계와 하이볼크의 세계에 걸쳐 일어난 모든 일들의 구조를 완전히 파악하지 못하고 있네. 오딘이라는 존재가 시간을 얼마나, 어떻게, 그리고 몇 번이나 비틀었는지 전혀 모르거든. 아는 것은 그가 자신에게 일방적으로 유리한 조건을 구축했다는 사실밖에 없네."

"그럼 어찌하자는 건가?"

또 다른 프라임의 질문에 프라이오스는 심심한 노인처럼 원탁의 표면을 검지로 긁적이다가 다시 고개를 들었다.

"의외로, 이번 일들은 그냥 가만히 앉아서 지켜보기만 하면 해결될지도 모른다네."

"자네가 그렇게 소극적으로 생각하는 근거는 무엇인가?"

파이록스가 공격적으로 물었다.

"그것이 적의 실체를 볼 수 있는 유일한 길이 아닐까 싶거든."

"의장으로서 나약한 소리는 그만두게! 사이악스의 가당치 않은 대응이 이번 일을 키운 원인일 뿐일세!"

파이록스의 목소리가 다시 커졌다.

대놓고 지적을 받긴 했지만 사이악스는 장난을 치듯 옆에 앉은 파이록스의 어깨를 손으로 두드렸다. 사이악스가 원래 그런 성격임을 아는 파이록스는 특별한 대응을 하지 않았다.

프라이오스는 잠시 가만히 있다가 이내 고개를 흔들었다.

"파이록스, 나의 자랑스러운 동포여. 자네의 말은 모두 옳아. 나만이 아니라 모든 프라임들이 인정하고 공감할 것이네. 하지만 자네도 사냥꾼이 지금껏 우리들의 경작지를 어떻게 날려 버렸는지 잘 알지 않나?"

프라이오스의 말에 파이록스의 가면에서 흘러나오는 빛들이 파르르 떨렸다.

"또 약한 소리를……!"

"아닐세. 우린 대홍수를 맞이한 인간들처럼 사냥꾼들이 일으키는 그 우주적 재해에 아무런 대응도 할 수 없었지. 녀석들은 전면전을 일으키지 않고도 우리를 멸망시킬 수 있다네."

"……."

"멸망이란 그리 어려운 개념이 아닐세. 우리 외의 모든 동포들이 소멸당하면 끝이지. 우리와 어린 동포들은 접점이 전혀 없는, 이유와 시작이 전혀 다른 존재들이니까."

부드럽게 상대를 다룬 프라이오스는 고개를 돌려 파이록스와 정 반대편에 가만히 앉아 있는 또 다른 프라임을 봤다.

"포스타로스여, 난 자네가 가장 많은 이야기를 할 줄 알았는데, 어찌 가만히 있나?"

모든 프라임들이 포스타로스 프라임에게 고개를 돌렸다. 시선집중을 받았음에도 불구하고 포스타로스는 팔짱을 낀 채 가만히 있었다.

"불쾌감을 굳이 말로 표현할 필요는 없겠지."

"그 외에 할 말은 없나?"

"없다네. 어서 주인님의 곁으로 돌아가고 싶군."

포스타로스는 가장 최근에 사냥꾼들의 공격을 받아 자신의 경작지를 잃어버린 프라임이었다. 정말 재해라고밖에 표현할 수 없는 사냥꾼들의 공격으로 인해 휘하의 쉬프터들을 모두 잃은 그는 현재 '주인'의 곁에서 기회가 올 때까지 대기하고 있는 상황이었다.

"그럼 한 시간 정도 쉬었다가 대책 논의에 들어가세."

프라이오스가 일어나자 대부분의 프라임들이 전부 일어나 웅성거리며 회의실을 나섰다.

자리를 지키고 앉아 있는 자는 사이악스와 포스타로스뿐이었다.

사이악스는 왼팔을 세우고 턱을 괸 뒤 포스타로스를 응시했다.

"난 이 이야기에서 자네라는 존재가 부각될 줄은 전혀 몰랐다네, 포스타로스여."

그의 목소리에는 탐구심과 흥미가 넘치고 있었다. 뿐만 아니라 미약한 증오심까지 섞여 있었다.

"자네가 아까 말했던 인간들의 관용구가 떠오르는군. 그래, 운이 없었지."

포스타로스는 잔잔하게 응수했다.

사이악스는 의자에 등을 붙이며 웃음을 터뜨렸다.

"뭐라고 말이 안 나오는군, 동포여."

"긍정적으로 생각하게, 사이악스여."

포스타로스는 아직도 팔짱을 풀지 않은 채 말했다.

"주인님께서는 이번 일에 대해 잘 알고 계실 것이네. 우리가 분명 해결할 수 있는 일이기에 조용히 지켜보고 계시겠지."

"그 말엔 공감하네."

사이악스가 끄덕거렸다.

"시계의 일만 따져 봐도 그렇지 않나? 만약 주인님께서 내가 설계한 시계의 성능에 제한을 걸지 않으셨다면 우리는 지금쯤 사냥꾼보다 더한 괴물들을 상대하고 있을지도 모를 것이네."

그가 의견을 내자 아무런 빛도 흐르지 않던 포스타로스의 가면에서 붉은색의 빛이 흘러나왔다.

"아니면 우리가 괴물이 됐겠지. 아니, 이미 괴물인가?"

포스타로스의 농담 반, 진담 반에 사이악스는 나직이 웃었지만 정작 포스타로스 자신은 조용했다.

그때, 파이록스가 회의실 안으로 소란스럽게 들어왔다.

"뭐하는 건가? 당장 나오게!"

"무슨 일이라도 있나?"

의자 등받이 위에 팔을 걸치며 동포를 돌아보던 사이악

스는 곧바로 일어나 원탁을 벗어났다.
 포스타로스 역시 파이록스의 뒤편에 보이는 창문을 보고 자리를 떠났다.
 회의실 밖으로 나온 세 명의 프라임은 창문 밖으로 보여야 할 우주공간을 머릿수와 거체로 완전히 막아버린 사냥꾼들의 모습에 걷는 속도를 서서히 멈췄다.
 "전부 초위험 등급이군."
 사이악스의 말대로 눈에 보이는 사냥꾼들의 색은 모조리 파란색이었다.
 "저들이 회의장의 위치를 알아냈단 말인가?"
 파이록스가 묻자 포스타로스가 고개를 흔들어 부정했다.
 "오늘 얻은 정보를 봐서는 일찌감치 알고 있었겠지."
 "하지만 초위험 등급만 온 이유가 뭐지? 저 작고 귀여운 녀석들이 잔뜩 모이면 열 명이 넘는 프라임들을 사냥할 수 있다고 생각하는 건가?"
 파이록스의 가면에서 검은색의 빛들이 뚝뚝 떨어졌다. 그는 당장에라도 튀어나가서 사냥꾼을 쓸어버릴 기세였다.
 "목적에 따라 다를 수 있네."
 사이악스가 말했다.
 "프라이오스의 말이 떠오르는군."
 "말?"

"우리 외의 모든 동포들이 소멸당하면 끝이라는 발언 말일세. 후후, 내 몸에 골격이라는 것이 있었다면 온몸이 저렸겠군."

외부의 사냥꾼들을 보며 온갖 생각들을 하던 프라임들의 눈에 이미 건축물 밖으로 나가 자리를 잡는 프라이오스의 모습이 들어왔다.

"의장의 행동력에는 감탄이 나오는군."

사이악스의 말에 응하듯, 프라이오스의 전방에 위치한 사냥꾼들이 흡입당하는 담배 연기처럼 일그러지면서 분해되어 프라이오스의 손바닥 위에 압축당했다.

"네놈들 따위를 굳이 크기로 상대할 필요는 없겠지. 그런 부족한 행동은 사이악스 정도나 하는 것이다."

가면의 틈새에서만 흘러나오던 빛이 사라지고 가면 전체가 황금색으로 달궈졌다.

"질량보존의 진리를 능욕할 수 있는 게 너희뿐이라고 생각하면 착각이다!"

그의 고함과 함께 구겨지고 압축당하는 사냥꾼들의 수가 급속도로 증가했다. 보기에는 프라이오스의 손바닥에서 굉장한 크기의 회오리바람이 일어나는 것 같았지만 바람처럼 보이는 현상의 색이 초위험 등급 사냥꾼들의 푸른색과 동일했다.

그러나 프라이오스가 소거한 만큼의 사냥꾼들이 새로이 나타나서 비어버린 공간들을 순식간에 막아버렸다.

"짜증나는 녀석들이군."

프라이오스의 주변에 질량을 멋대로 주무를 수 있는 우주적인 힘이 바람의 형태를 띠고 일어났다.

"좋은 기회군. 어느 쪽의 근성이 더 강한지 시합을 해보자, 사냥꾼들이여."

바람의 끝이 칼날의 형태를 가지고 몰아쳤다.

받아들이듯, 사냥꾼들의 머리에 달린 보석들이 은하수처럼 무수히 빛을 냈다.

\* \* \*

프라임들의 회의장에 어떤 일이 발생했는지 전혀 모르는 리오는 엠프레스와 함께 큰 창문, 아니 투명한 벽이 우주 쪽으로 나 있는 작은 방에서 시간을 보내고 있었다.

성별의 차이가 정신적으로나마 확실한 둘이 좁은 공간 안에 같이 있음에도 불구하고 분위기는 매우 심심했으며 또한 건조했다.

리오는 엠프레스가 보는 앞에서 아예 졸기까지 했다.

그에게 있어서 수면이라는 것은 휴식의 방법 중 하나일

뿐, 본능이 강제하는 필수 요소가 아니었다.

하지만 소리가 거의 나지 않는 공간에서 시간의 흐름조차 잊을 정도로 멍하니 있으니 그리고 해도 지루함을 동반한 졸음을 이겨낼 수는 없었다.

사실, 원인은 피로였다.

쉬프터의 본거지에서는 그의 체력이 소진만 될 뿐, 복구가 되지 않았다.

그가 그곳에서 마법을 사용하지 못하는 것처럼 그의 회복을 도울 수 있는 요소도 전혀 없기 때문에 리오는 소모되는 체력을 보충하지 못하고 있었다.

"수면 정도는 허락할 수 있다. 리오 스나이퍼."

엠프레스의 말에 리오는 엄지와 검지로 눈 위쪽을 각각 눌러 만졌다.

"이곳에서 푹 자라는 건가? 흠, 미안하지만 내가 이러는 건 당신 탓도 있어."

"무슨 뜻이지?"

"그 망토와 옷가지 속에 뭐가 들어 있는지 모르겠지만 뼈가 움직이는 소리도, 혈액이 흐르는 소리도, 근육이 팽창, 수축하는 소리도, 심장이 뛰는 소리도 훔쳐 들을 수가 없군. 그 모든 요소들을 조합하면 간접적으로나마 상대의 감정을 추리할 수 있는데, 그런 게 없으니 심심해 미칠 지경

이야."

리오는 털듯이 웃었지만 눈은 거의 감겨 있었다.

"딱하군. 너희들과 우리는 근본적으로 다른 생물이라고 몇 번이나 강조해야 하나?"

"다른 존재를 상대로 탐구심을 갖는 건 당연하잖아? 혹시 신성불가침 영역인가? 아니면 의외로 별거 아니라서 그러나?"

엠프레스는 말을 던지고 고개를 픽 돌리는 리오를 오랫동안 쳐다봤다.

"그대, 정말 무례한 남자로군."

"자주 듣지."

그리고 다시 침묵이 이어졌다.

잠시 후, 리오가 손바닥 밑으로 이마를 누르고 마사지를 하며 의식을 다시 깨웠다.

엠프레스는 그렇게 억지를 부리는 리오를 도저히 이해할 수 없었다.

무릎 높이의 각진 구조물에 앉아 있는 상태였던 리오가 눕듯이 두 다리를 앞으로 쭉 폈다.

"듣기로는 비숍 클래스나 나이트 클래스에서 퀸 클래스까지 올라가는 데에는 매우 긴 시간이 걸린다고 하던데, 당신이 퀸 중에서도 최고의 자리에 있는 존재라면 정말 오래

살았겠군."

그가 넌지시 물었다.

그에 대해 대답해도 문제가 없을 것이라 판단한 엠프레스는 쓰고 있는 가면의 턱 부분을 만지작거렸다.

"내가 존재해 온 시간을 정확히 이야기해 준다면 오히려 실감을 못할 것이야."

"흠, 그럼 그 긴 시간 동안 기억에 남는 일은 없었나?"

엠프레스는 리오의 얼굴을 슥 봤다가 다시 우주 쪽을 돌아봤다.

"기억이라……."

중얼거린 그녀는 한참동안 생각했다.

리오의 지루함이 정신적 한계치에 도달할 무렵, 엠프레스의 이야기가 비로소 시작됐다.

"난 비숍 클래스에서 시작했지. 그 시절과 관련해서 좋은 기억은 거의 없군. 난 스스로 문제를 해결하는 것에는 재능이 없었으니까."

의외로 약한 소리가 나오자 피로로 탁해져 있던 리오의 눈빛이 조금 돌아왔다.

"그런데 어떻게 승진할 수 있었지?"

"어느 날, 나를 제외한 모든 비숍 클래스와 나이트 클래스가 전멸했기 때문이지. 내 눈앞에서."

아플 만한 기억이었으나 엠프레스가 내는 목소리의 선율에는 변함이 없었다.

엠프레스에게 쏠려 있던 리오의 눈동자가 우주 쪽으로 움직였다.

"사냥꾼에게 당했나?"

"사냥꾼 외에도 이 우주에서 우리를 위험에 빠뜨릴 수 있는 존재는 수도 없다. 물론 그대 역시 그 위험인자 중에 하나지."

그녀의 말에 리오는 대놓고 쓴웃음을 지었다.

"나의 동포들을 소멸시킨 것은 아우터 갓이었다. 그가 왜 그랬는지는 알 수 없었지. 아우터 갓들은 워낙 변덕이 심하니까."

"그 아우터 갓에게 보복을 하진 않았나?"

"들은 적은 없지만… 아마도 프라이오스 프라임께서 처리하셨을 것이다."

리오는 몇 시간 전에 만났던 그 감정적인 프라임 클래스를 떠올렸다.

"동포를 꽤나 아끼는 성격인가 보군."

엠프레스는 잠시 고민하다가 대답했다.

"주관적인 의견을 말하자면 그 점이 그분의 장점이자 단점이다."

"동포를 지키는 행동을 단점이라 생각하다니, 놀랍군."

"그것은 그대처럼 지극히 짧은 시간을 살아온 자의 의견일 뿐이다."

엠프레스가 단호하게 말했다.

그녀는 물고기의 비늘처럼 생긴 바닥의 타일을 하나 떼어 자신의 손바닥 위에 올렸다. 그 검은색의 물체가 엠프레스의 힘을 받아 나무의 가지처럼 늘어나고 나뉘어졌다.

리오는 그 가지와 가지 사이에서 흐르는 힘에 절로 미소를 지었다.

'저 물체에 담긴 힘을 지면에 심으면… 아니, 행성으로는 감당이 안 될 거야.'

그것은 압도적인 힘을 목도하여 실성했을 때에만 지을 수 있는 미소였다.

그만큼 불안정한 힘이 깃들어 버린 물체였다. 하지만 엠프레스는 그것으로 반대편 손에 낀 금속제 장갑의 표면을 문질렀다.

리오는 타일과 장갑 사이에서 튀는 백색의 강렬한 불꽃이 장갑의 크고 작은 흠집을 녹여 윤기있게 정돈하는 모습을 가만히 지켜봤다.

"프라이오스 프라임께서는 운명을 바꾸려는 충동이 강하시다. 그 때문에 안타까움이라는 감정으로 충분히 끝낼 수 있는 일을 확대하실 때가 많으시지. 작게는 경작지의 자폭, 크게는 아우터 갓과 엘더 갓을 동시에 적으로 돌리는 행동을 하시기도 했다."

"화끈하군."

"단기적으로는 우리의 숫자를 유지하는 데 도움이 되겠지만 장기적으로는 그런 최악의 상황에서도 살아남는 자를 줄여 버리는 요소가 될 수 있다. 과보호는 좋지 않아."

리오는 그런 식으로 상관의 단점을 지적하는 엠프레스의 생각이 놀라울 따름이었다.

"역시 너희들과는 친하게 지낼 수 없을 것 같아."

리오가 어깨를 움직였다.

"그보다 내가 아우터 갓과 엘더 갓이라는 개념을 정확히 몰라서 그러는데, 괜찮다면 너희가 그 모두를 적으로 돌렸음에도 불구하고 어떻게 살아남았는지 들을 수 있을까?"

"그것은······."

엠프레스는 말을 멈췄다. 리오가 '주인'의 존재를 아는지 모르는지 확인되지 않은 상황이었기 때문이다.

"대강 처리됐다."

"······."

"그래, 내가 룩 클래스로 올라선 이후의 이야기를 해주지."

이야기를 계속하려 했던 엠프레스는 리오가 보내는 의혹의 시선으로 인해 말문이 막혔다.

"그대는 나와 직접 싸웠을 때 불과 몇 초도 버티지 못할 것이다."

그녀가 뜬금없이 힘의 차이를 말하자 리오의 표정도 황망함에 물들었다.

"그건 나도 아는데, 이 시점에서 그걸 강조하는 이유가 뭐지?"

"대화라는 것은 힘으로 상대를 억눌러 이끄는 것이 아니다. 말을 하는 것으로 자신의 마음을 전하여 상대와 공감하고 함께하는 것이지."

그녀의 말은 힘 좋은 사람의 손아귀에서 짜여 나오는 과즙처럼 억지로 터지고 있었다.

리오의 표정이 어두워졌다.

'뭔가 좋은 얘기를 하고 싶은 심정은 이해하겠지만……'

엠프레스는 대놓고 흐려진 그의 표정을 보자마자 결국 말하기를 포기했다.

"나는 역시 대화를 이끄는 실력이 없군."

엠프레스의 한숨 소리가 터졌다.

리오는 과연 호흡을 하는지 의심스러운 그들이 무슨 이

유로 그런 소리를 내는지 궁금했지만 지금은 대충 넘어가기로 했다.

하지만 엠프레스의 가면은 리오 쪽을 향해 고정된 채 한참동안 움직이지 않았다.

리오는 그녀가 굉장히 멋쩍어 한다는 것을 직감했다.

"룩 클래스 시절부터 이야기해야 하지 않나?"

"음, 그리할 예정이었지."

긴장된 목소리를 냈던 엠프레스가 다시 앞을 봤다.

"어쩔 수 없이 룩 클래스가 된 이후 내 밑에는 새로 배치된 비숍 클래스와 나이트 클래스만이 존재했다. 선배들은 경험을 토대로 움직이라 하셨지만 쉽지 않았지."

추억을 하느라 그런지 엠프레스의 목소리가 안정감을 되찾았다.

"내 지시에 어린 동포들이 수없이 소멸됐다. 경작지의 기본을 흔들 만큼 큰 실수는 선배들께서 해결해 주셨지만 잘못된 지시를 내려 어린 동포들을 소멸시키는 나의 무능함은 아주 오랫동안 해결되지 않았지. 시간이 지나 퀸 클래스가 되었어도 어린 동포들을 죽음으로 모는 어리석음은 고칠 수가 없더군."

지금까지 수많은 존재들의 경험담을 들어왔던 리오는 그 시점에서 엠프레스의 심리 구조가 궁금했다.

자신의 행동으로 인해 죽어버린 자들의 이야기를 할 경우 그 추억을 내뱉은 자들의 대부분은 무의식적으로 종교인 앞에서 죄를 고백할 때와 같은 표정, 혹은 비슷한 억양으로 말을 하곤 한다.

리오는 그런 모습을 너무 많이 봐왔다. 지금은 익숙함을 넘어서 지겨움까지 초월해 버린 상황이지만 그도 처음에는 그 '살아남은 자'들을 무책임하다며 비난하기도 했다.

그러나 엠프레스는 리오가 봐왔던 자들과 달리 비정상적으로 차분했다. 분명 자신과 관련된 이야기를 하면서도 재미없는 서류를 소리 내어 읽는 듯했다.

그것은 감정의 부재에 의한 것이 아니라 억 단위를 초월하는 시간 동안 쌓인 권태였다.

"지금은 고쳤나?"

"엠프레스가 된 것은 다행이었지."

그녀가 말했다.

"엠프레스는 일종의 명예이자 한 경작지의 수호자와 같은 위치다. 바꿔 말하자면 실무에서 벗어난 존재이지. 그로 인해 나의 무능함이 개선되었는지에 대해 확인할 길은 없었다. 개인적으로는 아쉽고, 동포들을 생각하면⋯ 다행이라고 해야 할까?"

"흠, 의문형이군."

엠프레스는 가볍게 딴죽을 건 리오를 잠깐 쳐다봤다가 다시 우주를 봤다.

"다행이기를 소원하는 것이지."

리오는 그녀의 생각이 모순되었다고 생각했지만 대놓고 지적하진 않았다. 그냥 옅게 웃기만 할 뿐이었다.

"재미있는 추억은 없었다는 말로 들리는군."

"재미란 곧 즐거운 느낌이나 기분을 뜻하지. 그렇다면 지금이 가장 재미있다고 할 수 있겠군."

"어째서?"

"싸움 없이 다른 종족과 우주를 같이 본 일이 없었으니까."

그녀의 말에 리오는 그 우주를 보며 쓴웃음을 지었다.

"싱겁군."

"음, 매우 사소하지."

엠프레스가 끄덕거렸다.

"그런 생각을 할 줄 아는 종족이 왜 신과 그 창조물들을 가축으로 삼는 거지? 재미의 차원은 아닌 것 같은데?"

리오의 질문은 매우 공격적이었다.

엠프레스는 당황하기는커녕 기다렸다는 듯이 평온하게 이야기했다.

"그것이 이 위대한 공간 속에서 우리가 존재하는 까닭

이다."

리오의 눈가에서 졸음이 거의 사라졌다.

"들을 수 있는 부분까지 들었으면 하는데?"

"어려울 것은 없지."

엠프레스가 리오의 옆에 앉았다. 앉는 도중에 망토가 몸에 눌리면서 허리와 둔부로 이어지는 부드러운 곡선이 뚜렷하게 드러났다.

하지만 리오는 본능적인 평가조차 하지 않고 엠프레스의 이야기를 기다리기만 했다.

"처음 만났을 때 '대폭발' 이라는 것에 대해 설명했을 것이다."

"우주의 시작 말인가?"

"그렇다."

엠프레스는 현을 튕기듯 손가락으로 앞쪽의 허공을 쳤다. 리오의 눈에도 보일 만큼 뚜렷한 충격파가 구형으로 퍼지다가 이내 희미해졌다.

힘이 꾸준히 공급되지 않는 이상 도중에 사라지는 것은 매우 자연스러운 일이었다.

"그 폭발은 모든 생명체들의 터전인 우주를 팽창시키며, 또한 모든 창조의 기초라 할 수 있는 암흑물질을 만들어낸다."

거기까지는 리오가 예전에 들은 부분이었다.

"무슨 일이 있더라도 반드시 지속되어야만 하지."

"무슨 일이 있더라도? 하, 누가 방해라도 하나?"

리오의 질문은 반항심으로 인해 대충 날린 것이었다. 그러나 방금 엠프레스가 만든 충격파가 점차 사라지는 모습이 그의 기억 속에서 강렬하게 되살아났다.

"설마 너희가 그 폭발에 의한 팽창을 억지로 지속시키고 있는 건 아니겠지? 경작지에서 뽑아내는 힘들을 이용해서 말이야."

엠프레스가 고개를 갸웃했다.

"그것이 나쁜 일이라 생각되나?"

"아니, 평가 이전의 문제라고 생각되는데?"

리오는 옆에 앉은 엠프레스를 당혹스러운 표정으로 바라보고 있었다.

"난 누군가가 무엇인가를 억지로 해서 잘되는 꼬락서니를 본 적이 없거든."

"그런가? 놀라울 만큼 생각의 크기가 작은 자로군."

엠프레스가 꾸짖는 투로 말했다.

"그대가 알고 있는 온갖 물건 가운데 억지가 섞이지 않은 것이 과연 무엇이 있는가? 그대가 소유한 그 검은 물론이고 입고 있는 옷조차 시간의 흐름이나 자연현상과는 상관이 없는 '강제성'을 바탕으로 창조된 물건이다."

"그건 사건의 크기가 다르잖아? 너희들이 우주의 크기를 억지로 부풀리는 동안 발생한 부작용에 대해 조사해 본 일은 있나?"

"그대라는 존재 말고는 잘 모르겠군."

리오는 그 시점에서 더 이상 파고들어 따지는 것이 무의미하다고 판단했다. 엠프레스의 결연한 태도에 비해 우주의 확장에 대한 자신의 지식이 부족하다는 것을 인정한 것이다.

"뭐, 좋아. 그렇다 치지."

리오가 다시 창밖을 봤다.

"갑자기 별이고 뭐고 안 보이는데, 어떻게 된 거지?"

엠프레스가 급히 창문 쪽을 보는 순간 주먹의 형태를 한 육중한 물체가 창문과 외벽을 뭉개며 방 안으로 밀려 들어왔다.

그 주먹에 정면으로 깔린 리오의 의식은 몇 초 버티지 못하고 꺼졌다.

*　　*　　*

리오가 다시 눈을 떴을 때, 그는 주변의 상황을 이해하기가 힘들었다.

 각종 물질들이 타는 냄새, 그리고 신선한 피 냄새가 그의 감각을 자극했다.

 무엇보다 쉬프터의 본거지에 있을 리가 없는 울창한 숲과 제법 규모가 있는 목재 건물의 마을이 난데없이 눈앞에 자리 잡고 있었다.

 '뭐지? 내가 착란에 빠진 건가?'

 그는 즉시 모든 감각을 확인해 봤으나 그의 신체는 지금 이 상황에 거짓이라고는 아무것도 없음을 확인시켜 주었다.

 더불어 복장도 원래 입고 있던 것과는 달랐다. 검은색의 가죽옷 대신 회색의 망토가 그의 몸을 덮고 있었다.

 '브리간트 기어? 내가 이걸 또 꺼낸 적이 있었나?'

 그는 허리의 칼집에서 디바이너를 꺼낸 뒤 옆쪽을 향해 휘둘렀다.

 "대충 보니 요정족의 마을 같은데… 너희들은 여기서 뭘 하는 거지?"

 그가 중얼거리며 휘두른 디바이너의 끝에는 눈이 새빨갛게 충혈된 오크가 쇄골의 바로 위쪽을 검에 관통당한 채 고통에 허우적거리고 있었다.

 "그오오오오!"

그가 괴성을 지르자 리오는 왼발로 돌멩이를 하나 걸어차서 좌측 전방에서 달려오던 또 다른 오크의 녹슨 갑옷과 폐를 뚫어버렸다.

몸이 뚫리면서 다리가 풀려 주저앉은 오크는 피를 몇 번 토해내고는 그대로 땅에 누웠다.

상대가 죽어가는 과정에 별다른 이상을 발견하지 못한 그는 자신의 검에 찔린 채 발광하는 오크를 다시 봤다.

"진정하고 얘기를 해봐, 친구."

리오는 그대로 손목을 움직여 오크의 살집을 벌렸다.

증폭된 고통에 괴성을 지르던 오크는 자신을 고문하고 있는 상대의 담담한 표정에 겁을 먹었다.

"우, 우리는… 요정들을 약탈하기 위해……!"

상대가 당연하게도 오크족의 언어로 말하자 리오는 고개를 끄덕거렸다.

"인간들을 약탈하지 그랬어? 지형을 봐서는 산세가 험할뿐더러 눈으로 이곳을 발견하기도 힘들었을 텐데?"

리오 역시 오크의 언어로 말했다.

"요정은 그만큼 약하다! 즐겁게 약탈할 수 있다!"

"하긴, 그렇지."

리오는 그대로 디바이너를 움직여 찌르고 있던 오크의 목까지 갈라 버렸다.

그는 마을 안쪽으로 들어가며 고개를 갸웃거렸다.

"방금 전까지 난 엠프레스와 함께 있었을 텐데, 어찌된 거지? 내가 여태까지 이상한 꿈이라도 꾼 건가? 아니면 아까부터 꿈을 꾸기 시작한 건가?"

마침 약탈이 끝난 집에 불을 지르며 이동하던 오크들이 일제히 리오를 봤다.

"인간? 뭐하는 녀석이지? 용병인가?"

안대를 한 오크가 인상을 구기면서 리오를 향해 석궁을 당겼다. 망설임 따위는 없는, 경험에 따라 반사적으로 나온 행동이었다.

디바이너의 자루 끝으로 화살촉을 때려 땅에 떨어뜨린 리오는 흠칫한 상대의 모습을 흥미롭게 바라봤다.

"오크 치고 제법 나이가 있는 녀석이군. 너희들, 그냥 지나가는 도적단은 아니지?"

리오가 질문하며 다가왔지만 안대의 오크는 다른 젊은 오크들과 달리 당황하지 않고 새로운 화살을 석궁에 장전했다.

"요정들은 꽤 좋은 자원이지. 약탈을 해도 돈이 나오고 노예로 팔아도 돈이 나오거든. 단순한 도적떼들이 이런 좋은 사업을 멀쩡한 정신으로 할 수 있을 것 같나?"

안대의 오크가 웃으며 말했다.

리오는 주변에 널린 요정들의 시체를 살펴봤다.

습격당한 요정들은 그들 가운데에서도 체구가 인간들과 거의 비슷한 종족이었다.

죽은 자들 모두가 남성이었고 여성은 중년, 혹은 무기를 다룰 수 있는 체구의 소유자들뿐이었다.

리오는 아직 불이 미치지 않은 건물들을 봤다.

가장 눈에 띄는 것은 상식적으로 공격을 받기 제일 쉬운데도 불구하고 손상된 흔적이 거의 없는 대형 건물 하나뿐이었다.

멀리 떨어져 있는 그 건물 입구에는 문을 부술 도구를 든 채 심심하게 대기하고 있는 오크들의 무리가 있었다.

눈으로 확인하기 힘든 그 현장을 초감각으로 감지한 리오는 싱긋 웃었다.

"과연. 하지만 이 마을의 위치는 어떻게 알았지? 요정들이 마을 주변에 뿌려둔 착란 마법은 아무런 손상이 없는데?"

"사업 비밀이지."

안대를 한 오크의 석궁에서 끝이 특이하게 큰 화살이 마찰불꽃을 뿌리며 날아갔다.

주먹처럼 큰 그 화살촉은 리오의 검이 미치지 않는 위치에서 폭발했다. 그 폭발 속에서 터져 나온 것은 은색의 실로 짜인 대형 그물이었다.

그물이 리오의 몸을 단단히 덮었다. 그냥 덮인 것뿐만이 아니라 생물처럼 몸에 밀착되어 조이기까지 했다.

"말스 왕국 북쪽 산지에 쌓인 만년설 속에는……."

"음, 알아. 거기 사는 거미 부족의 여왕은 이렇게 단단히 감기는 실을 뱃속에 가득 채우고 있지."

말을 빼앗긴 안대의 오크가 이번에는 급한 몸짓으로 석궁을 다시 장전했다.

"그 실을 끊으려면 불을 직접 몸에 대든가, 아니면 여왕의 젖샘에서 짜낸 체액을 바르는 수밖에 없지."

리오의 얘기가 계속됐다.

물론 그는 웃고 있었다.

"여기까지는 일반적인 지식이고, 사실 이것도 힘을 주면 끊겨."

리오의 팔 근육이 조금 팽창한다 싶더니 그물이 풍선 터지듯 단숨에 찢겨 날아갔다.

가뿐히 해방된 그는 손에 쥔 그물 조각을 만지작거렸다.

"꽤 신선한 그물이군. 이 정도면 시장에서 구입을 한다 해도 상당히 비쌀 거야. 그 돈을 마련하려면 상인의 눈으로 봤을 때 최고급인 여성 요정들을 적어도 다섯 명 이상을 팔아야만 하지."

그의 뒤를 노리고 달려들던 오크가 갑자기 목이 날아가며 바닥에 무릎을 꿇었다.

자신들의 동료가 어떻게 목을 잃었는지 보지 못한 오크들은 그 이후부터 다리를 움직이지 못했다.

"그런데 시장에서 최고급을 받을 만큼 몸 상태가 훌륭한 요정들은 마을 하나를 아무리 털어도 안 나오지. 풀뿌리만 씹어대며 사는 요정들의 상태라는 게 사실 뻔하거든. 물론 그만큼 값을 하긴 하지만… 아무튼 그만한 거금을 지불해서 여왕거미의 그물을 살 만큼 배짱 좋은 오크들은 그렇게 많지 않아. 단순 생계형은 절대 아니지."

리오가 검을 어깨에 걸친 뒤 왼손으로 자신의 턱을 만졌다.

"말이 좀 길어졌는데, 네놈 뒤에 있는 부자가 대체 누구지?"

그러자 주변에 있던 오크들이 괴성을 지르더니 리오를 향해 일제히 덤벼들었다.

"너희들한테 안 물어봤어."

리오의 머리 위쪽 하늘에 자연적으로는 만들어질 수 없는 작은 규모의 먹구름이 생성되었다.

그 구름에서 마법의 파동을 발산하며 튀어나간 우박들이 오크들의 머리에 정확히, 고속으로 꽂혔다.

주변의 부하들을 순식간에 잃은 안대의 오크는 의미를 잃어버린 석궁을 놓치고 말았다.

"알고 있는 걸 전부 불어보실까?"

검으로 오크의 갑옷과 옷가지를 전부 날려 버린 리오는 싱글싱글 웃으며 상대의 무릎을 걷어찼다.

관절이 부서지는 소리와 함께 오크의 거구가 땅에 무너져 내렸다.

"알아서 말하기가 어렵다면 내가 좀 도와주지."

디바이너의 끝이 오크의 지저분한 허벅지 살갗을 적당한 크기로 벗겨내었다.

끔찍한 괴성이 건물을 포위한 채 문을 부수라는 명령만 기다리던 오크들의 귀에 들려왔다.

그러니 '모든 일'이 끝난 뒤 정작 당황한 쪽은 리오였다.

"나와 장난하자는 건가?"

리오의 풍성한 앞머리가 만든 그늘 속에서 그의 눈동자가 붉게 빛났다. 표정은 자제력을 잃어버리기 직전의 광기가 미소와 뒤섞여 이글거리고 있었다.

"흐, 흐으으……!"

안대를 썼던 오크가 괴성을 질렀다.

"그만해, 그만하라고! 전부 솔직하게 말한다고 했잖아! 날 돌려보내줘, 제발!"

몸의 피부 절반 이상이 도려내어져 근육과 피하지방이 흉하게 드러난 그 오크는 이미 리오가 원하는 방향으로 정신이 붕괴된 상태였다.

리오는 상대가 자신에게 헛소리할 상황이 아님을 알고 있었다. 하지만 방금 그가 들은 말은 헛소리보다도 못한 최악의 농담이었다.

"너희들이 베른할트 영주의 아들, 자콥이란 녀석의 심부름을 받아 움직이고 있었다고?"

"그래! 녀석은 인간이든 요정이든 예쁜 암컷이라면 사족을 못 쓴단 말이야!"

"그리고 여긴 말스 왕국이라 이거지?"

"그렇다고! 난 사실만을 말했어!"

오크는 가죽이 벗겨진 손바닥으로 리오의 망토를 붙들었다.

"이제 제발 날 죽여줘! 이렇게 다 벗겨졌는데 아무 감각도 없다고! 가렵지도 않단 말이야!"

"가만히 있어봐. 생각 좀 하자고."

짜증을 낸 리오는 디바이너를 오크의 머리에 댔다. 칼날 아랫방향으로 터진 압력이 오크의 몸뚱이를 잘게 저며 땅에 뿌렸다.

그는 걷기 전에 망토를 털었다. 리오의 망토를 붙들고 있던 오크의 두 손이 저 멀리 수풀로 날아갔다.

'제길, 기억이 났어! 여긴, 아니 이 상황은 내 과거야! 다른 건 내 행동뿐이라고! 설마 내가 과거로 와버린 건 아니겠지? 아니면 새로 시작된 미래인가?'

고민하며 걷던 리오는 일순간 세상의 색깔 전체가 반전되며 멈추는 광경을 목격했다.

'연산 압박?'

그는 자신에게 적용되는 시간을 제외한 모든 것들이 정지했기에 그리 판단했으나 얼마 뒤 자신의 눈앞에서 모습을 갖추는 어떤 존재를 보고 생각을 달리했다.

그것은 한 쌍의 검은색 눈을 커다랗게 뜬, 하얀색 유령을 연상케 하는 미지의 존재였다.

"예상 밖으로 우리를 귀찮게 하는구나."

그 존재는 인간처럼 생겼다가도 이내 바람에 휘날리는 깃발처럼 모습을 바꾸기도 했다. 그러나 퀭하게 뚫린 검은색의 두 눈만은 미동도 하지 않았다.

"사이악스도 부족해서 프라이오스에게 조사를 당하다니, 정말 쓸모없는 녀석이로다."

그 순간, 리오는 미지의 존재와 마주쳤을 때에만 느낄 수 있는 성질의 '공포'를 아주 오랜만에 경험했다.

CHAPTER 87
반복되는 지옥

'사이악스를 처음 봤을 때도 이렇게 싫지는 않았던 것 같았는데 말이야.'

정체를 알기 힘든 그 존재는 리오의 시각만을 자극할 뿐, 체취는 물론이고 중량감까지 느껴지지 않았다. 그러나 느껴지는 힘은 불쾌감을 줄 만큼 강력했다.

처음 만나는 존재가 프라이오스, 그리고 사이악스에 대한 말을 하자 리오의 표정이 심각해졌다.

"나에 대해서 잘 아는 모양이군."

"당장 이곳에서 너와 똑같은 존재를 찍어낼 수도 있지."

"무슨 근거로 그렇게 지껄이나?"

"소모품 주제에 기어오르지 마라."

둥글기만 하던 그 존재의 검은색 눈이 흉하게 일그러졌다.

"당장 여기서 네놈의 사고구조에 복종심과 충성심을 심어버리고 싶지만 그것은 그것대로 문제가 생기니 할 수 없군."

"알아듣게 설명해 주면 좋겠는데?"

리오의 눈이 붉게 타오르다가 파랗게 빛났다. 연산 압박을 사용하기 위해서였다.

그 순간 그의 이마 왼쪽에 긴 상처가 나면서 대량의 피가 분출되었다. 출혈과 동시에 리오가 일순간 의식을 잃어버릴 만큼 강력한 충격이 그의 뇌와 몸 전체에 박혔다.

검을 지팡이 삼아 쓰러지는 것만 겨우 면한 리오는 앞에 있는 정체불명의 존재를 경악의 눈으로 노려봤다.

'저 녀석, 방금 내 몸을 조작해서 상처를 낸 건가?'

검은색 눈의 존재가 비틀거리는 리오를 시선으로 압도했다.

"좋아. 관용을 베풀어주지. 이곳은 네 고유 영역이다."

"처음 듣는 단어로군."

"이곳에서 저지른 네 행동의 결과는 실제 역사에도 실시간으로 영향을 미치게 될 것이다. 예를 들어 네가 개인적인 감정을 앞세워 이 마을을, 아니 이 행성을 파괴하면 그에 대한 결과도 모든 시간 영역에 확실히 반영되지."

그 존재가 중얼거리는 사이 리오의 부상 부위가 연기를 뿜으며 재생되었다. 그 재생 능력은 쉬프터의 본거지에서 줄곧 발휘되지 않던 그의 고유한 힘이었다.

리오는 힘이 돌아왔다는 기쁨보다 분노가 앞섰다.

"장난하나? 정말로 과거에 개입했다가는 후폭풍이 엄청 날 텐데? 나비효과라고 들은 적 없나?"

"나비효과?"

상대가 눈의 일그러짐만으로 리오를 비웃었다.

"어디서 주워 들은 것은 있군. 그런 하찮은 단계의 '혼돈이론'을 누구에게 들이대려는 것이냐? 네놈들이 쉬프터라고 부르는 그 어둠의 경작자들조차도 허접한 기계쪼가리를 이용해 제한된 영역의 시간을 갖고 놀면서 나비효과를 무시하지."

그런 식으로 자신의 말을 막아버리는 상대의 태도에 리오는 약간 긴장했다.

완전히 회복된 이마를 만져본 그는 유령과도 같은 상대를 노려봤다.

"날 이런 식으로 귀찮게 하는 이유가 뭐지?"

상대의 일그러진 눈이 다시 크게 벌어졌다.

"나를 귀찮게 한 것은 네놈이 먼저다."

상대는 그 이상 말하지 않았다. 그로 인해 리오는 상대의 정체에 대한 실마리를 잡을 수가 없었다.

"그럼 나를 당장 제거하면 될 텐데?"

그러자 그 유령 같은 존재가 리오에게 다가와 그의 목을 감싸 쥐었다. 리오는 상대의 행동을 알면서도 꼼짝도 못하는 자신을 이해할 수 없었다.

"네놈을 '아카식 레코드'에서 삭제하여 영원히 제거하는 것은 매우 쉽지. 하지만 네놈을 조금 더 지속시키는 것이 아예 없애는 것보다는 나을 것 같다는 결론을 내렸다. 그렇기에 이렇게 배려해 주는 것이다."

그 존재는 리오의 목을 밀치듯이 놔주었.

리오는 잡혔던 목을 만지며 쓴웃음을 지었다.

"네가 무슨 소리를 하는지 아직도 모르겠지만 역사를 입맛대로 고칠 기회가 나에게 주어졌다는 느낌이 얼핏 드는군. 맞나?"

"마음대로 해석해라. 그리고 뜻대로 해라. 네 능력과 오딘이 다시 담금질한 그 디바이너의 위력에는 변함이 없으니 지금 당장 하이볼크에게 달려가서 놈을 제거해도 상관없다. 하지만 넌 그러지 못할 것이다."

"못한다고? 내가 그렇게 겁쟁이로 보이나?"

리오의 불쾌감이 점차 살기로 바뀌었다. 그러나 상대는 시큰둥한 반응을 보였다.

"아직 상황을 이해하지 못하는 것 같군. 넌 장난을 칠 상대를 잘못 골랐다."

"……."

"지금까지 네가 자기 역할을 충실히 해낸 것에 대한 보상으로 몇 가지 진실을 더 알려주지."

리오는 진실이라는 말을 당당히 입에 거는 상대의 정체가 대체 무엇인지 더욱 더 궁금해졌다.

그 궁금증이 당장에라도 상대를 쳐 죽이고 싶은 그의 파괴적 욕망을 최대한 억누르고 있었다.

"네놈들에게 주어진 진짜 임무는 수수께끼를 품은 미끼가 되어 경작자들의 관심을 끄는 것이었다. 물론 지금도 마찬가지지. 설마 이 시점에서 그들과 맞서 싸울 수 있다고 고집을 부리지는 못하겠지?"

상대의 도발적인 말에 리오의 근육들이 홍분되었다.

"이 자식이 지금 무슨……?"

"우리는 탐구심이 강한 프라임을 물색했고 결국 사이악스라는 자를 발견하여 선택했지."

상대는 리오의 분노를 무시하고 하던 이야기를 계속했다.

"사이악스는 특이하지. 미지의 상황과 마주했을 때면 만족스러운 정답을 얻기 위해 시간을 아낌없이 투자하는 성격이거든. 덕분에 네놈들이 지금까지 멋을 부릴 수 있었던 것이다. 만약 상대가 프라이오스였다면 네놈들은 존재가 감지되는 순간 위험인자로 분류되어 그 어리석은 아네라 종족처럼 박살 났을 거야."

몰랐던 이야기가 쏟아지는 가운데, 리오는 상대가 어떤 종족 내지는 조직의 일원이며 자신들의 세계에 관여했을 뿐만 아니라 쉬프터를 포함한 이 우주 전체에 대해 확실한 지식을 가지고 있음을 어렵지 않게 예측할 수 있었다.

"네 목적은 쉬프터를 박멸하는 건가?"

"그렇다고 할 수 있지."

"그 괴물들과 전면전이라도 벌일 생각인가 보군. 난 프라임은커녕 엠프레스조차도 까마득하던데 말이야. 너희들이 그 정도의 전투 능력을 가지고 있긴 한가?"

"무식한지고."

그 하얀색의 존재가 비웃음을 흘렸다.

"우리는 상당히 오래전에 '힘'이라는 방식을 포기했다. 전면전은 오히려 경작자들의 전투 능력을 강화시키는 결과밖에 낳지 못했거든. 물론 그 착오 덕분에 쉬프터들의 정점에 '주인'이라는 존재가 있음을 알았고 지금의 계획을 수

립할 수 있었지."

"그렇군."

리오는 쓴웃음을 지었다.

"확실하게 좌절하고 싶어서 묻겠는데, 내가 쉬프터들을 상대할 수 있는 방법은 없나?"

"하이엘바인의 경우를 통하여 답변해 주마."

그 미지의 상대가 눈을 부릅떴다.

"신이 가진 최대의 장점인 '기적'을 무기로 삼는 것은 확실히 매력적이지. 그 기적의 정점은 원인과 결과, 즉 인과율을 마음대로 조작하는 것이다. 네가 F.O.R이라 부르는 '디콤포저 방정식'도 일종의 인과율 조작 기술이라 할 수 있지."

"정말 모르는 게 없군."

"내 말을 끊지 마라."

상대가 불쾌함을 드러내자 리오는 다른 곳을 쳐다보며 고개를 끄덕거렸다.

"인과율 조작은 프라임들도 어느 정도는 가능하지만 신들과는 영역이 다르지. 프라임들은 연산을 해야 하고 신들은 연산을 할 필요가 없거든. 넌 그 차이를 얼마 전에 목격했을 것이다."

"내가 목격했다고?"

"사이악스가 조작하는 헤라클레스와의 싸움을 생각해 봐라. 하이엘바인은 단순한 찌르기를 F.O.R처럼 구현해 버렸지. 그것이 신과 신이 아닌 존재의 차이다."

"과연."

그때의 일을 기억한 리오는 담담하게 웃었다.

"무슨 짓을 해도 내 손으로 쉬프터들을 없앨 수는 없다는 이야기로군."

"그렇다."

그 존재가 다시 눈을 크게 벌렸다.

"다시 말하지. 얌전히 이 상황을 즐겨라. 최대한 시간을 끄는 거다."

"스승님께 도움을 받으면 어떨까?"

"후후."

상대가 낮게 웃었다.

"멋대로 해라. 결과는 어찌 됐든 우리에게 유리할 테니까."

터무니없이 일방적인 말이었다.

하지만 리오는 그에 대해 반박할 수가 없었다. 정말 그런 힘을 가진 존재일 수도 있다는 생각이 들어서였다.

"할 말은 끝났다. 행운이 따른다면 잃어버렸던 네 자신을 되찾을 수도 있겠지. 네놈의 자아에 도움은 안 되겠지만."

위협하듯 두 눈을 크게 벌린 그 존재는 온 세상의 동결을 풀고 사라졌다.

모든 상황에서 풀려난 리오는 자신의 모든 감각이 정상으로 돌아온 것을 확인했다.

그뿐만이 아니었다.

그가 방금 정체불명의 존재에게 들었던 수많은 이야기들이 거짓인지 실제인지 판단할 수가 없었다. 고민을 하려고 해도 생각의 선이 닿지 않았다.

'뭐가 뭔지 전혀 모르겠어.'

그는 하늘을 봤다.

'지금 당장 신계로 가서 하이볼크를 잡아 죽여 볼까? 아니, 그런 극단적인 행동이 과연 의미가 있을까? 제길, 내가 대체 무슨 생각을 하는 거지?'

그는 아주 오래간만에 두려움이라는 감정을 느꼈다.

'일단 저들을 구하고 생각해 보자.'

리오는 자신이 위축되었다는 것조차 느끼지 못한 채 요정족 여성들이 최후의 보루로 삼고 있는 건물을 향해 걸어갔다.

'이번 임무는 시작부터 피 냄새가 나는군.'

리오는 순간 그런 생각을 한 자신의 뒤통수를 손으로

쳤다.

'임무라니? 이건 두 번 다시 겪고 싶지 않은 시절의 기억이잖아? 뭔지 모를 놈이 만들어낸 놀이터라고!'

그는 자신을 다그쳤으나 현실감이 그의 판단력을 흐리게 만들었다.

'뭔가… 암시를 걸어야 해. 이 빌어먹을 과거에 먹히지 않을 요소가 필요해!'

비틀거리며 걷던 그의 눈에 금이 간 유리창이 보였다.

그 유리에 비친 자신의 모습을 뚫어지게 쳐다보던 리오는 왼손을 들고 F.O.R을 발동시켰다.

왼쪽 팔뚝부터 손까지 올라오는 모든 혈관들이 녹색으로 빛을 냈다. 리오는 그 빛을 보며 정신을 가다듬었다.

'이건 가정이지만, 이 고유 영역이라는 장소는 아마도 내 기억 전체를 어떤 절대적인 기록… 그래, 녀석이 아카식 레코드라고 말했던 것에 강제로 연결시킨 게 분명해. 그렇다면 이 자리에 있는 나는 현실이면서도 비현실이야.'

쓴웃음을 지은 그는 머리를 세차게 흔들고 정신을 집중했다.

'이 장소에서 결코 지울 수 없는 흉터가 필요해. 그 흉터는 나의 정체성이 될 거고 곧 암시로서 작용하겠지. 안 된

다면 할 수 없지만.'

그는 왼손에 발생시킨 F.O.R의 위력을 조절했다.

'언제까지 이어지는 역사일지 알 수 없지만 지크 녀석이 난동을 부리고 루이체가… 소멸되는 그 시점까지 나에게 제대로 대적할 수 있는 녀석은 없어. 내가 잘못 기억하는 게 아니라면 말이야.'

그는 침을 꿀꺽 삼켰다.

'한쪽 눈으로도 충분하다!'

그는 F.O.R이 걸린 왼손으로 자신의 왼쪽 눈을 찔렀다.

"크아아악!"

눈을 부러진 나뭇가지로 후벼 파는 듯한 고통이 온몸을 뒤집는 상황에서도 그는 두개골의 내구력과 그 외의 근육에 해를 끼치지 않을 수준으로 힘을 완전히 조절했다.

'신경을… 차단해야겠군!'

이를 악물고 통증을 이겨낸 그는 다시 유리창에 자신을 비춰 봤다. 검게 타들어간 왼쪽 눈구멍의 한가운데에서 F.O.R의 녹색 잔광이 아른거렸다.

분쇄된 부위가 재생되지 않았다. 리오가 원했던 '지울 수 없는 흉터'였다.

"이 기술에 당하는 느낌이 이렇게 더러웠군."

자조한 그는 벨트에 붙은 작은 가방에서 붕대를 꺼낸 뒤

안대를 대신하여 부상 부위를 가렸다.

"이제부터 나에게 걸리는 놈들은 죽어 자빠진 꼴이 볼 만하겠어."

정말 아파서 내뱉은 말이었다.

"장난칠 상대를 잘못 골랐다고?"

그는 수수께끼의 존재가 자신에게 했던 말을 되새겼다.

"왠지 내가 진짜로 쳐 죽여야만 하는 놈과 만나 버린 느낌이군. 후후, 나쁘지 않아."

자신을 혼란시키려던 이상한 현실감으로부터 완전히 벗어난 리오는 다시 요정족 여성들이 있는 곳으로 향했다.

"적당한 시점까지 역사를 반복하라 이거지? 피엘 플레포스도 했던 짓을 내가 왜 못하겠어? 나라면 그 여자보다 훨씬 더 재미있게 즐길 수 있을 거야."

그는 계속해서 자신을 설득했다.

작은 집의 지붕들과 드높이 자란 나무들을 차례로 박차며 목표로 삼은 장소에 도착한 리오는 두꺼운 팔을 가진 오크 한 명이 건물의 문을 억지로 열어젖히는 모습을 발견했다.

그 오크의 바로 뒤쪽에 착지한 리오는 3분의 1가량 열린 문의 틈새로 길쭉한 귀를 가진 요정족 소녀들과 여성들의 창백한 얼굴을 목격했다.

리오는 오크의 뒤통수를 손으로 잡고 힘을 가했다. 뒷골이 뭉개지면서 문을 잡아당기던 오크의 두 팔이 아래로 축 늘어졌다.

문을 잡고 버티던 요정족 여성들은 오크를 뒤로 휙 치우고 문을 다시 닫아주는 그 애꾸눈의 인간에게 강렬한 인상을 받았다.

그러나 그 뒤에 이어진 광경들은 끔찍했다.

건물 사방의 유리창에 오크들의 피와 육편이 소나기와 우박처럼 달라붙었다.

검에 맞았다기보다는 폭사에 가까운 상황이었다.

오크들의 고함과 비명마저 끊긴 뒤, 유일하게 검을 들고 튼튼한 옷으로 자신을 보호하고 있던 요정족 여성이 건물의 정문을 조심스럽게 열었다.

그녀는 보라색 대검에 꿰인 채 빨래처럼 늘어져 있는 오크의 시체를 보고 자신의 입을 급히 틀어막았다.

오크의 시체는 검에 몸에 뚫릴 때 입은 충격으로 인해 척추가 등 밖으로 날아간 상태였다.

검을 비스듬히 눕혀 오크의 시체를 버린 리오는 문틈으로 얼굴을 내밀고 있는 요정족 여성들을 돌아봤다.

"이제부터 이 녀석들의 고용주를 만나러 갈 건데, 전해줄

편지나 선물, 혹은 이야기가 있으면 지금 말하도록 하시지."

검을 들고 있던 요정족 여성은 급히 칼집에 검을 넣으며 건물 밖으로 나갔다. 다른 여성들이 그녀를 말렸지만 그들의 손보다 그 요정족 여전사의 동작이 더 빨랐다.

"고용주라고? 이 원수들의 우두머리를 알고 있나?"

"원래는 몰라야 하는데 어쩌다 보니 알게 됐지."

리오가 그렇게 말을 한 이유는 본래 그가 거쳐 온 역사와 현재에 오차가 생긴 탓이었다.

과거의 그는 요정족 마을을 구하긴 했지만 오크들의 고용주가 베른할트 영주의 자식인 자콥이라는 사실까지는 알지 못했다. 끓어오른 의협심으로 인해 묻지도, 따지지도 않고 오크들을 몰살시킨 것이 원인이었다.

"그럼 나를 데려가주게, 인간이여! 이 마을을 지키는 수호자로서 그 원수의 목을 직접 치지 않으면……!"

자신을 수호자라고 칭하는 요정족 여성 전사의 분노에도 불구하고 리오는 코웃음조차 치지 않았다.

"마을의 수호자가 마을 밖으로 나가면 뭐가 되는 줄 아나?"

리오가 남은 오른쪽 눈을 찡그리며 묻자 요정족 수호자의 표정도 안 좋아졌다.

"무슨 의도로 던진 질문인가?"

"대답이나 해보시지."

"……."

"잘 모르겠나? 실업자야. 그것도 자신에게 주어진 책임을 스스로 걷어 찬 최악의 멍청이지."

작지만 탄탄하게 다져진 수호자의 어깨가 움찔했다.

리오는 디바이너에 묻은 피를 단번에 털어낸 뒤 칼집에 넣었다.

"당신네들은 진정하고 뒷수습이나 해. 오크들의 시체는 내가 저지른 일이니 내가 처리하도록 하지."

리오의 몸 전체에서 검은색의 안개가 올라왔다. 오른쪽 눈에서 붉은 빛이 올라오는 것은 덤이었다.

그 변화에 어울리듯 건물 주변에 깔린 오크들의 사체가 검게 탄화되어 남김없이 사라졌다.

그 악마적인 모습은 요정족 여성 모두를 겁에 질리게 만들었다.

"알겠나? 이건 당신들의 영역이 아니야."

검은색의 안개 속에서 말을 남긴 리오의 모습이 홀연히 사라졌다.

이윽고 건물 안에서 다른 요정족 여성들과 어린아이들이 몰려나왔다.

그들은 자신들이 집단으로 꿈을 꾼 것이기를 바랐다. 그러나 불타는 가옥들과 마을 곳곳에 깔린 아버지와 아들, 그리고 형제들의 시체를 보고 모든 이들이 오열했다.

마을의 상공에서 그 모습을 지켜본 리오는 오른손으로 머리카락을 쥐고 가볍게 흔들어봤다.

'이건 오리지널의 기억인가? 뭔가 좀 차이가 있는 것 같군.'

요정족 사상자가 한 명도 없이 끝난 덕에 영웅으로 칭송받던 누군가의 기억이 그의 머리를 혼란스럽게 만들었다.

'이러고 있을 때가 아니지. 난 당장 내 인생의 지옥으로 가야만 해.'

하늘을 날아가는 그의 뇌리엔 '델 파레'라는 이름의 산촌과 그 마을의 위치가 잔혹할 정도로 정확하게 떠올라 있었다.

'제길, 모든 상황들이 날 그쪽으로 이끄는 것 같아. 내가 여기서 뭐하는 거지? 뒤에 무슨 일이 일어날지 전부 아는 주제에 말이야!'

그는 자신을 컨트롤하는 것 같은 그 보이지 않는 힘에 저항하려 했지만 도저히 그럴 수가 없었다.

　　　　＊　　　＊　　　＊

　그는 진심으로 이 마을에 오고 싶지 않았다. 떠올리는 것도 싫은 마당에 현실로서 다시 마주치는 것은 말 그대로 악몽이었다.

　그를 구원해 주는 것은 그가 왼쪽 눈에 스스로 심은 통증이었다.

　'하루도 안 되서 비서관이 존경스러워지는군.'

　그는 똑같은 세상을 몇 번이고 반복하여 살아온 피엘을 떠올리며 냉정함을 되찾았다.

　'또 만날 기회가 오면 용서해 줘야겠어.'

　쓴웃음을 지은 그는 곤봉으로 소년의 몸을 구타하는 패거리들을 향해 걸어갔다.

　"서커스를 하나 했더니 아니군."

　과거에 분명 이런 식으로 시비를 걸었던 것 같았기에 리오는 왠지 낯이 간지러워 웃음을 참을 수가 없었다.

　사람들의 비명과 공포에 억눌린 분노로 가득했던 산촌의 시장이 일순간 조용해졌다.

　어떤 남자의 부하들에게 일방적으로 얻어맞던 소년은 엉망으로 부어버린 얼굴을 돌려 리오를 돌아봤다.

　"왜 저딴 꼬마를 죽이지도 못하고 있는 거지? 전부 풀뿌리만 씹고 다녔냐? 급소를 노리라고, 급소를."

그 말에 산촌 사람들은 경악을 금치 못했다. 어디서 나타난 깡패냐며 친구에게 물어보는 사람도 있었다.

"호오오……. 네 녀석, 영웅 행세를 하는데? 내가 누군지 알기나 하고 끼어든 거냐?"

패거리의 대장으로 보이는 자가 두꺼운 살집으로 감싸인 자신의 턱을 쓰다듬으며 리오를 봤다.

리오가 그에 맞서 웃었다.

"혹시 이름이 자콥은 아니겠지?"

"그렇다면?"

"잘게 썰고 다져서 돼지들 입에 쑤셔 넣어야지."

살집을 몸 전체에 두른 그 남자와 그의 부하들 모두가 리오의 살기에 바짝 얼었다.

자신의 몸을 압도한 이상한 기운에 아무 것도 못하던 살집의 남자가 엉겁결에 손도끼를 들고 리오에게 다가갔다.

"거, 겁이 없구나! 바보 같은 녀석! 미안하지만 이건 내 장래가 달린 놀이야!"

"네 이름이 자콥인지 아닌지나 말을 해. 그래야 네 장래가 보장될 테니까."

리오는 상대가 들고 있는 손도끼의 날을 왼손으로 붙든

뒤 손아귀의 힘으로 날 전체를 부숴 버렸다.

"어……?"

도끼날이 부서지는 것을 제대로 목격한 그 큰 몸집의 남자는 소녀처럼 몸을 움츠렸다. 제련된 무쇠가 인간의 손에 그런 꼴이 될 리가 없음을 알기에 보인 반응이었다.

그때, 남자의 부하 한 명이 곤봉 대신 검을 손에 쥐고 리오에게 달려왔다.

"어르신, 이곳은 제가 맡을 테니!"

그러나 공격을 시도한 남자는 도중에 입을 다물고 공격을 막을 준비를 했다.

상대가 어느새 보라색 대검을 빼 들고는 그것을 자신에게 휘두르고 있었기 때문이다.

기묘한 쇳소리가 터진 직후, 구경하던 사람들의 대다수가 자신들도 모르게 위쪽을 쳐다봤다.

리오의 검을 받아낸 사내가 한 번 땅에 충돌했다가 손에 든 것들을 놓치면서 작은 집의 지붕 위로 사라졌기 때문이다.

일반인보다 몸집이 좋은 장정이 그렇게 공처럼 튕겨 지붕 위에 올라가는 모습을 처음 본 사람들은 날이 깨진 손도끼를 툭 버리는 붉은 장발의 남자를 유령이라도 보듯 지켜봤다.

"어르신이라. 그러면 네가 자콥이겠군."

리오에게 도끼를 잃은 그 남자, 자콥은 그가 뿜어내기 시작하는 압력에 밀려 주춤거렸다. 상대는 지금까지 의협심을 발휘하여 자신을 막아섰던 자들과는 달랐다.

그냥 자신을 죽이러 온 살인자로밖에 보이지 않았다.

그는 곧바로 자신의 부하들이 있는 곳을 향해 달아났다.

"녀석을 없애지 않고 뭘 하는 거냐! 어서 가지 않으면 아버지께서 네놈들을 없애 버리실 거다!"

부하들은 그의 명령에 주춤했다.

붉은 장발의 남자는 달려가던 자콥보다도 빨리 부하들 앞에 자리 잡고 있었다.

부하들은 스스로의 생존을 위해서라도 리오를 향해 한꺼번에 덤벼들었다. 그러나 검을 뽑기도 전에 그들의 오른손 엄지손가락이 디바이너에 휘말려 전부 날아갔다.

"으윽……!"

부하들은 경악한 채로 엄지가 사라진 자신들의 손을 노려봤다.

리오는 포대자루처럼 멍하니 있는 자콥을 돌아봤다.

"이제 끝내자고, 자콥씨."

목표가 된 자콥과 그의 부하들뿐만 아니라 주변에 서 있던 구경꾼들 모두가 겁에 질렸다. 부녀자와 아이들은 이미 비명을 지르며 도망친 상태였다.

자콥의 얼굴은 파랗게 변해 갔다. 무기를 들려고 움직이는 자들의 손가락을 오차없이 한꺼번에 벨 수 있는 인간 따위는 본 적도, 들은 적도 없었기 때문이다.

"네 녀석은 도대체 뭘 하는 녀석이냐?"

자콥이 묻자 리오는 어깨를 으쓱했다.

"그냥 떠돌이 용병이지."

안대에 가려지지 않은 리오의 오른쪽 눈동자 속에서 붉은색의 빛이 아른거리며 피어올랐다.

자콥은 인간이 아님에 분명한 그 상대에게 자신이 아무런 대항도 할 수 없음을 깨달았다.

그때, 자콥에게 절호의 기회가 찾아왔다.

"코나, 코나!"

에메랄드빛 머리의 여성 한 명이 웬 어린아이와 함께 얼마 남지 않은 구경꾼들을 비집고 들이닥쳤다.

그 여성은 자콥과 그 일당들에게 얻어맞던 소년을 부둥켜안은 뒤 리오와 대치하고 있는 자콥을 자못 무서운 눈으로 쏘아봤다.

그녀는 자콥을 향해 뭐라고 소리를 질렀으나 리오의 귀에는 들어오지도 않았다.

반복되는 지옥

'결국 저 여자와 만날 수밖에 없나보군.'

리오는 가볍게 한탄하며 그녀를 봤다.

자콥은 그 틈을 타고 부하들을 뒤로한 채 시장 저편을 향해 전속력으로 달렸다. 엄지를 잃고 신음하던 그의 부하들 역시 자콥의 뒤를 따라갔다.

"어디 두고 보자, 빨간 머리!"

사람들이 도망치는 그들을 쳐다보는 사이, 방금 전 이곳으로 온 여성은 피투성이가 된 채 실신한 어린아이를 끌어안고 울음을 터뜨렸다.

"코나! 정신 차려! 제발!"

코나라는 이름의 소년은 의식을 완전히 잃어 아무 대답도 하지 못했다.

그녀의 모습을 묵묵히 지켜보던 리오는 검을 거둔 뒤 천천히 사람들 사이를 빠져나갔다.

사람들은 소나기를 피하려는 사람들처럼 그를 피해 바삐 건물들 쪽으로 움직였다.

"아, 잠깐만요! 기다리세요!"

여성은 리오에게 달려가 감사를 표하려고 했으나 그는 뒤도 돌아보지 않고 계속 걸어갔다.

그를 따라가려던 여성을 마을 사람들이 말리는 한편, 리오는 그대로 좁은 골목으로 들어가 지금은 비어버린 자신의 왼쪽 눈구멍을 손으로 찌르듯이 덮었다.

'내가 내 행동을 제어할 수가 없어! 눈을 태워 버린 게 아까울 정도야!'

그는 애초부터 역사를 바꿀 생각이 없었다. 수정해 봤자 자신의 입장이 달라지는 것은 아니었기 때문이다.

죽어야 할 사람들을 살려봤자 인간이라면 이후 100년도 살지 못하고 죽을 것이며 그들의 삶은 리오 자신에게 짧은 안도감을 줄 수는 있겠지만 그의 존재 목적을 바꿀 만큼 중요한 사건은 아니었다.

어차피 뻔하다. 그리고 여태까지 그래왔다.

그러한 부정적인 진실이 그의 의지를 점차 탈색시키고 있었다.

\*     \*     \*

리오가 다시 의식을 되찾았을 때, 그는 자신이 언제 잡았는지 기억도 나지 않는 멧돼지 한 마리를 어깨에 짊어지고 있다는 사실에 섬뜩함을 느꼈다.

그의 눈앞에 칼집이 채워진 단검이 날아왔다. 왼손으로 그것을 받아든 리오는 자신에게 단검을 던진 소녀를 어리둥절한 눈으로 바라봤다.

또래의 남자아이와 함께 앉아 있던 그 소녀는 얄미운 인상으로 리오를 노려봤다.

"단검을 던져달라며?"

소녀가 공격적으로 말했다.

리오는 묵묵히 멧돼지를 땅에 내려놓은 후 단검을 칼집에서 꺼냈다.

그는 멧돼지의 상태를 살폈다. 뼈에 손상을 입히지 않고 뇌를 파괴한 흔적이 보였다.

'내가 한 짓이군.'

그는 일행으로부터 좀 떨어진 곳으로 멧돼지를 끌고 가며 일행을 살펴봤다.

여행자답게 바지를 입은 에메랄드빛 머리카락의 여성과 마법사 복장을 한 아이들 두 명, 총 세 명뿐이었다.

리오는 소녀에게 받은 단검을 멧돼지의 가죽 아래에 찔러 넣었다. 도축에 맞지 않는 호신용 단검이어서 칼날에 힘을 불어넣고 편하게 가죽을 갈랐다.

그는 손등으로 자신의 왼쪽 눈을 눌러봤다.

'내가 언제 눈을 다쳤었나?'

\* \* \*

"만나지 않길 빌었다, 리오 스나이퍼."

중성적이면서도 맑은 그 목소리에 리오의 의식도 맑아졌다.

자신의 기억보다 조금 더 어른스러워 보이는 군청색 머리카락의 용족 청년이 식당에서, 그것도 자신의 앞에서 식사를 하고 있었다.

그 청년은 리오가 아무 말도 없이 서 있자 불쾌한 눈을 했다.

"멍청한 얼굴이군. 평소보다 더 재미없구나."

"음… 바이칼이겠지?"

"뭐라고?"

청년이 긴 귀를 쫑긋 세우며 리오를 다시 올려다봤다.

"눈과 함께 머리도 다친 건가?"

청년의 질문에 리오는 대답을 못했다. 그는 자신이 생각 자체를 하지 못하는 이유가 궁금했다.

"그건 됐고, 내가 이 세계에 있다는 정보를 누구에게 들었지?"

그의 질문에 청년, 바이칼의 표정이 싸늘하게 식었다.

"누구에게 듣든 말든 너와는 상관없다."

"아, 그래. 그럼 계속 상관하지 말자고."

"엉?"

리오는 당황한 바이칼을 뒤로한 채 레나와 리카, 클루토 쪽으로 걸어갔다.

'아, 의식이……'

그는 몽롱해진 자신의 의식이 세상과 동화되는 것을 느꼈다.

\* \* \*

머리를 흔들며 잔해 속에서 일어난 엠프레스는 크게 금이 간 자신의 가면을 만졌다.

"이건… 쓸 수 없겠군."

중얼거린 그녀는 악력으로 가면을 부수고 남은 파편도 모조리 털어냈다.

가면이 사라진 곳에서는 머리 대신 검은색의 안개가 굴뚝에서 나오는 연기처럼 흘러나왔다.

검은색 안개의 흐름이 이내 급격히 바뀌었다. 살랑거리던 연기는 곱슬곱슬한 금발로 변했고 형태를 알기 힘들던 연기의 심지는 날카로움을 품은 여성의 얼굴로 바뀌었다.

엠프레스는 이물질이 들어오면서 파괴된 방을 살폈다.

외벽과 방 전체를 부순 이물질은 본거지 밖까지 이어져 있었다.

비록 검게 탄화되어 본래의 기능을 모조리 잃었지만 엠프레스는 그 이물질의 전체적인 모습에서 극심한 불쾌감을 느꼈다.

'본거지의 위치를 옮겼는데도 사냥꾼이 또 침범하다니, 믿을 수가 없군. 그런데 방식이 전과 좀 달라.'

그는 방 주변에 둥실둥실 떠 있는 리오의 파편들을 살펴봤다.

팔과 다리는 으깨지거나 분리되었고 머리와 몸은 사냥꾼의 주먹과 본거지 사이에 끼어 있었다. 물론 상태는 반죽에 가까웠다.

'확실한 목적이 느껴지는군. 리오 스나이퍼 이외에는 직접적으로 공격하지 않았어. 하지만 그를 말살한 것도 아니야.'

엠프레스는 리오의 존재를 확실히 느꼈다. 그러나 살았다고 단정하지도 않았다. 그의 존재를 증명하는 각종 느낌들이 리오의 몸이 묻은 흔적인지, 아니면 리오 본인인지 분간하기 힘들었기 때문이다.

엠프레스는 검고 윤기있게 탄화된 사냥꾼의 팔뚝을 주먹으로 두드렸다.

'이건 사냥꾼 특유의 중간자 반응과는 전혀 관계없는 돌덩어리야. 하지만 사냥꾼에게 어울리는 모습으로 변형되어

있군.'

그녀가 다음 순간 깨달은 것은 자신을 제외한 쉬프터들 대부분이 아직도 의식을 회복하지 못하고 있거나 생사 자체가 불분명하다는 사실이었다.

'이러한 경우는 처음이군. 전멸이나 마찬가지야. 이런 능력이 있으면서도 왜 리오 스나이퍼만을 물리적으로 노린 것이지?'

엠프레스는 생각을 거듭했다.

'프라임께서 계셨다면 상황은 달랐겠지. 그렇다면 사냥꾼들이 모든 상황을 알고 움직였다고밖에는 볼 수 없어.'

그녀는 아직도 느껴지는 리오의 존재를 두고 고민했다.

'저 남자의 시간과 내 시간이 다른 느낌이야.'

사냥꾼이 이렇게까지 직접적으로 사건을 저지른 이상 리오와 관련된 어떤 사항이 대단히 중요한 요소로 떠오르는 것은 어쩔 수 없는 일이었다.

한편으로 엠프레스는 야만적인 것 같으면서도 등장과 퇴장만큼은 깔끔했던 사냥꾼들이 왜 지금은 몸 대신 사용한 것으로 추정되는 물체를 남겨놓고 갔는지 궁금하기도 했다.

'힘으로 저 남자를 끌어냈다가는 무슨 일이 벌어질지

알 수가 없군. 프라임께서 오시기를 기다려야 하는 것인가, 아니면 내 판단하에 이 상황을 처리해야 하는 것인가?'

방금 전 의식을 되찾은 직후부터 침착하게 상황을 판단하던 엠프레스는 우선 그나마 피해를 덜 받았을 것이라 예상되는 퀸 클래스들부터 깨워보기로 했다.

우주 속에서 가만히 떠 있던 그녀의 금색 곱슬머리가 주황색 빛에 감싸였다. 머리카락뿐만 아니라 엠프레스의 몸 전체가 같은 빛으로 발광했다.

본거지 곳곳에 쓰러져 있던 퀸 클래스들 모두가 같은 빛을 내며 공명했다.

그 힘에 반응하여 의식을 되찾고 일어나는 자들이 있는 빈면 곧비로 빛을 잃은 자들도 있었다.

의식을 되찾은 퀸 클래스들은 곧장 엠프레스가 있는 방으로 모였다.

"무사하셔서 다행입니다, 엠프레스시여."

퀸 한 명이 엠프레스의 무사함을 확인하고 안도했다.

"당신께서 사용하시는 가면이 못쓰게 될 정도였다니… 이 방에 들어온 충격이 어느 정도였는지 짐작조차 가지 않습니다."

"음."

엠프레스의 표정이 굳어졌다. 자리에 모인 퀸 클래스의 숫자가 불과 다섯 명뿐이어서였다.

"현명한 동포들이여, 그대들에게 의견을 듣고자 하네. 각자의 경험을 토대로 최대한 빨리 현 상황을 분석해 보게."

"알겠습니다, 엠프레스시여."

엠프레스와 다섯 명의 퀸들은 이후 직접적인 경험과 간접적인 경험 모두에 현 상황을 끼워 맞춰 해답을 내놓으려 했지만 정답을 내놓는 자는 아무도 없었다.

자신들이 점점 조급해지고 있음을 알아버린 그들은 각자의 방식으로 분노했다. 존재해 온 세월만 합산해도 영겁에 가까운 주제에 허둥대고 있는 자신들의 꼴이 너무 비참해서였다.

그러던 도중 실현 가능성이 가장 높은 이야기가 엠프레스의 입에서 나왔다.

"불확실한 점이 너무 많은 만큼… 결국 신이라는 존재에게 도움을 받아야만 하는가?"

모든 퀸 클래스들이 깜짝 놀랐다.

"엠프레스시여, 우리에게 도움을 줄 수 있는 신이 대체 어디 있단 말입니까?"

자신들, 즉 쉬프터들의 존재를 알고도 도와줄 신이 있겠느냐는 의미였다.

"우리가 보호하고 있는 신이 있지 않나?"

"예? 설마… 방주에서 데려와 보존 처리를 한 그 인공의 신을 말씀하시는 겁니까?"

퀸 클래스 전원이 엠프레스를 쳐다봤다.

"내가 이곳을 지킬 테니 자네들이 가서 데려오게. 내가 내 권한으로 그 신을 다시 일깨우겠네."

"협조 가능성이 있겠습니까?"

퀸 한 명이 걱정하여 물었다. 엠프레스는 그 퀸의 어깨를 두드려준 뒤 다시 차가운 표정으로 돌아왔다.

"결과적으로는 우리를 돕는 일이겠지만 표면적으로는 저 남자를 돕는 일이니 괜찮을 것이네. 책임은 내가 질 테니 어서 데려오게."

"알겠습니다."

퀸 클래스 전원이 자리에서 사라졌다. 엠프레스는 다시 사냥꾼의 모습을 한 그 가공된 암석에 손을 댔다. 그녀의 긴 금발이 뒤이어 암석에 닿아 찰랑거렸다.

"그대는 우리 모두가 상상했던 것 이상의 업보를 담은 채 살아왔나 보군."

그녀가 내뱉은 한숨이 이내 동결되어 하얗게 퍼졌다.

엠프레스는 우선 방 안에 들어온 사냥꾼의 팔을 잘라서

밖으로 내보냈다.

리오를 뭉개고 있는 사냥꾼의 주먹 일부만은 그냥 놔두었다. 자신에게 적용되는 시간의 흐름과 리오에게 적용되는 시간의 흐름이 다르다는 것을 확인한 만큼 아무리 엠프레스라고 해도 현장을 섣불리 건드릴 수는 없었다.

'실제 경우를 접한 적은 없지만… 자칫 잘못하면 본거지 전체가 리오 스나이퍼에게 적용되는 시간대에 휩쓸려 버릴지도 몰라.'

방의 외부를 완전히 수리하여 우주 방사선을 차단하고 내부 공기를 정화하여 그 '인공의 신'이 존재를 유지할 수 있는 분위기를 만든 엠프레스는 퀸들이 돌아오기를 기다렸다.

'지금 상황에서 사냥꾼들이 다시 공격해 온다면 그때는 끝장이야.'

구겨지고 밀착된 리오의 육체가 풍기는 독한 냄새가 엠프레스의 후각을 자극했다. 그러나 그 금발의 여성이 유지하고 있는 차가운 표정은 조금도 변함이 없었다.

엠프레스는 그만큼 긴장하고 있었다.

잠시 후, 검은색 금속으로 만들어진 번데기 모양의 물체가 퀸 클래스들의 손에 이끌려 방에 들어왔다.

"모두 물러나게. 그대들 중 세 명은 밖으로 나가서 사냥꾼의 흔적을 감시하게."

"알겠습니다."

다섯 명의 퀸 중 세 명이 그 자리에서 사라지고 나머지 둘은 모습을 감췄다. 다시 깨어난 신이 자신들을 보고 경계심을 품지 않도록 하기 위해서였다.

엠프레스가 퀸들이 가져온 동결 보존 장치에 손을 댔다. 스스로 엠프레스의 무릎 높이 정도에 떠 있는 그 장치는 부드러운 용수철 위에 놓인 것처럼 위아래로 흔들거렸다.

손을 댄 자가 엠프레스임을 확인한 보존 장치의 색이 달라졌다. 위쪽 금속판이 조각조각 열려 하단으로 내려가고 투명한 덮개가 드러났다.

덮개 안에는 아무 것도 없었다. 그저 흰색의 가스만이 솜사탕처럼 진하게 뭉쳐 있을 뿐이었다.

장치 밑으로 흰색의 가스가 뿜어졌다. 가스가 어느 정도 빠지자 머리부터 재구성되어 모습을 갖췄다.

머리보다 눈에 띄는 것은 붉은색의 꼬리였다.

밧줄처럼 길고 두툼한 그 꼬리의 주인은 외모만 봐서는 짐승의 가죽을 몸에 대충 두른 어린 소녀였다.

몸집은 대략 7세에서 8세의 인간 아동에 가까웠지만 엠프레스는 물론이고 숨어 있는 퀸들 역시 그 소녀를 인간으로 생각하지 않았다.

 꼬리는 둘째 치고 피부색이 일단 붉었다.

 햇볕에 살이 익어 나오는 붉은색이 아니라 땅에서 방금 퍼낸 적토(赤土)의 색이었다.

 머리카락은 짐승의 털처럼 뻣뻣한 산발이었다. 또한 선홍색을 띠고 있었다.

 엠프레스는 그 인공의 신을 관찰하는 도중 쓴웃음을 지었다.

 "자네들, 내가 결코 인정하고 싶지 않았던 요소가 무엇인지 아는가?"

 엠프레스의 질문을 받은 퀸들은 오랫동안 침묵을 지켰다. 자신들의 선배가 어떤 대답을 원하는지 짐작조차 가지 않았기 때문이다.

 "강한 것과 유능한 것은 달라. 대부분의 신들은 우리보다 나약하지만 우리는 그들보다 무능하지. 기적을 일으키지 못한다는 사실에서 이미 밀리는 거야. 하지만 난 그 뻔한 사실을 인정하고 싶지 않았다네."

 "퀸이시여."

 "하지만 지금은 비상 상황이라네. 정확한 상황 파악을 위해서는 없는 사실조차도 가볍게 인정해 줄 수 있지."

 장치에서 빠지는 가스가 어느덧 끊겼다. 장치 내에 보관

된 인공의 신도 육체의 재구성을 완전히 마쳤다.

이윽고, 인공의 신이 눈을 떴다.

눈동자는 황금색이었고 동공은 고양이의 것처럼 위아래로 길게 찢어져 있었다.

그 작은 몸집의 신은 자신이 처한 상황을 이해하지 못한 듯 밖에 보이는 엠프레스의 모습을 가만히 쳐다봤다.

"인공의 신이여, 정신이 드는가? 자신이 어떠한 존재인지 알겠나?"

엠프레스가 묻자 장치에 갇히기 전의 상황을 번쩍 떠올린 그 작은 신은 화염이 맺힌 주먹으로 투명한 덮개의 안쪽을 쳤다.

주먹을 안쪽에 댄 채 엠프레스를 노려보던 작은 신은 엠프레스가 덮개를 바로 열고 자신을 과감하게 붙들어 올리자 기세에 질려 몸을 움츠렸다.

"인공의 신이여, 그대를 해칠 생각은 없소."

"그런 식으로 부르지 마라! 본좌의 이름은 카샤다!"

"실례했구려, 본좌."

"카! 샤!"

자신의 이름을 카샤라고 밝힌 그 작은 신이 송곳니를 드러내며 으르렁거렸다.

"알겠소, 카샤여."

엠프레스는 카샤를 바닥에 내려놓았다.

뜻하지 않게 자유를 얻은 카샤는 자신이 이곳에서 도망칠 수 있지 않을까 생각했다.

'창밖에 별빛이 가득한 것을 보니 지금은 밤이 분명하겠군!'

우주 공간에 대한 지식이 없는 그녀는 탈출 계획을 세우기 위해 부족한 머리를 굴렸다. 엠프레스는 대놓고 창밖을 보며 씩 웃는 카샤의 모습을 그냥 지켜봤다.

그때, 바닥에 슬그머니 내려온 카샤의 꼬리에 축축한 액체가 닿았다.

"응?"

흠칫 놀란 카샤는 반사적으로 꼬리를 들고 뒤를 돌아봤다.

웬 바위 같은 것에 몸이 짓이겨진 존재가 카샤의 눈에 들어왔다.

"헉!"

카샤가 경악한 나머지 뒤로 넘어지려 하자 엠프레스가 바로 몸을 숙여 그녀를 두 손으로 받쳐주었다.

"카샤여, 저 남자가 처한 상황을 분석하여 우리에게 말해 줄 수 있겠소?"

"보, 본좌가 말인가?"

"그렇소."

"본좌 말고 더 뛰어난 자는 이곳에 없나?"

"있긴 하지만 당신과는 달라서 함부로 풀어줄 수가 없소."

이야기를 들은 카샤의 표정에 불쾌감이 올라왔다.

"본좌는 함부로 내버려 둬도 괜찮단 말인가?"

"……."

"어흠, 알았네."

팔짱을 끼며 헛기침을 한 그 신은 핏물을 털어낸 꼬리를 살랑거리며 그 엉망이 된 존재, 리오의 상황을 분석해 봤다.

"사내 같은데 몸이 많이 상했군. 본좌가 저 사내를 치료해볼 테니 일단 고향으로 돌려보내 주게."

"……."

엠프레스의 눈매가 무서워지자 카샤는 꼬리가 척추에서 분리되는 듯한 공포감을 느꼈다.

"바, 바깥을 보니 오늘은 날씨가 안 좋은 것 같군. 내일 계속하세."

바짝 얼은 카샤가 딴소리를 계속하자 결국 참지 못한 퀸 클래스들이 모습을 드러내며 큰 낫을 꺼내 들었다.

"시간 낭비입니다, 엠프레스시여."

"처분하지요."

그들의 급진적인 행동은 엠프레스의 인내심에 흠집을 냈다.

"누구의 지시로 나서는 것인가?"

엠프레스가 두 눈을 부릅뜨며 일어나자 퀸들이 뒤로 밀리다 못해 벽에 달라붙고 말았다. 더불어 본거지 전체가 진동을 하고 이상한 굉음까지 냈다.

엠프레스의 힘이 어느 정도인지 간접적으로 체험한 카샤는 탈출을 생각할 때가 아니라는 것을 직감하고는 다시금 리오를 분석해 봤다.

"알았으니 집중할 시간을 주게! 계속 그리하면 저 남자의 의식에 설치된 요소를 확증할 수가 없네!"

엠프레스의 무력시위가 중단되었다.

"의식에 설치된 요소? 시간축이 다른 게 아니란 말이오?"

"시간축이라……. 그리 보일수도 있겠군. 하지만 기본적인 것은 초장거리 통신 게이트웨이와 프로토콜일세. 대체 이곳이 어디이기에 저 정도로 크고 강력한 게이트웨이를 설치한 것인지 이해가 안 되는군."

카샤의 입장에서는 다급한 나머지 눈에 당장 보이는 것들을 우선 분석하여 내뱉은 전문용어였지만 엠프레스의 입장에서는 가장 기다리던 이야기였다.

"그 게이트웨이와 프로토콜이라는 것에 대해 설명해 주실 수 있겠소?"

그녀의 분위기가 바뀌자 카샤는 팔짱을 끼며 콧대를 세웠다. 물론 속으로는 땅이 꺼지도록 안도의 한숨을 쉬고 있었다.

"게이트웨이라는 것은 각종 정보와 신호를 연결하기 위해 반드시 설치되어야 하는 장치일세. 인간의 육체도 아니고 의식에 심어놓은 것을 봐서는 대단한 기술력의 소유자로군."

"프로토콜은 무엇이오?"

"일종의 규칙이라 할 수 있네. 프로토콜에 위배되는 정보들은 통신에 끼어들 수 없지."

"그렇다면 저 남자에게 정확히 무슨 일이 있는지 알아내기 위해서는 그 프로토콜이라는 것을 해석할 필요가 있단 말이오?"

"호오, 현명한 처자로세. 이해가 빠르군."

키득거리는 카샤의 작은 어깨를 엠프레스가 두 손으로 감싸 쥐었다.

"도와주시오, 카샤여. 나에게는 저 남자를 지켜야 할 의무가 있소."

비록 엠프레스의 표정은 차가웠지만 목소리만은 진심이었다. 그 자세는 카샤마저도 진지한 마음을 갖도록 만들었다.

"누군가를 돕는 것은 분명 기분 좋은 일이네만 자네들은 특별한 이유도 없이 나를 이곳으로 납치한 자들일세. 게다가 그 과정에서 우리 세계의 죄없는 주민들을 수없이 죽이기도 했지. 썩 내키지 않는군."

엠프레스에게 제압당한 퀸 클래스들은 카샤가 분명 어떤 거래를 위해 그런 말을 하는 것이라 믿었으나 카샤의 표정과 눈빛을 직접 본 엠프레스의 생각은 전혀 달랐다.

엠프레스는 그녀가 매우 어린 신이며 그에 어울리는 순진함을 가지고 있음을 직감했다.

"저 남자를 돕는 것에만 신경 써주시오. 당신이 저 남자를 확실히 도울 수만 있다면 우리는 그것으로 족하오."

엠프레스는 '그것이 결과적으로 자신들을 돕는 일'이라는 말을 의도적으로 잘라낸 채 카샤에게 도움을 호소했다.

"엄마가 외간 남자의 일에는 끼어들지 말라고 주의를 주셨는데……."

카샤는 뒷짐을 진 채 꼬리로 바닥을 쓸며 난감해했다.

"당신과 저 남자 사이에는 간접적인 인연이 있소."

"간접적인 인연?"

"저 남자는 당신을 구하기 위해 이 세계로 건너온 키르히 펙터의 선생이오."

"키르히 펙터?"

카샤의 눈이 둥그레졌다.

"그 성질 더럽고 머리 나쁜 키르히 펙터 말인가?"

"그렇소."

"키르히가… 어째서?"

카샤는 감격 어린 표정으로 이유를 물었다.

"원래는 슈리메이어 반 스나이퍼라는 자의 자리를 대신하기 위해 하이볼크라는 자가 불렀으나 지금은 당신을 구하기 위한 수련에 전념하고 있소. 그리고 저 남자가 키르히 펙터를 가르쳤다오."

"은인이란 말이로군."

"그리고 우리가 거둔 난민이기도 하오."

엠프레스의 이야기를 의심하지 않은 카샤는 키르히와 관련된 이야기에 감격했다. 엠프레스는 그런 카샤의 행동에 주목했다.

그녀는 그 작은 신이 어떻게든 해낼 수 있기를 기대하고 있었다. 어찌 보면 그것은 엠프레스가 쉬프터로서 자아를 갖게 된 이후 처음으로 갖는 신앙심이라 할 수 있었다.

조금 뒤 카샤가 고개를 끄덕였다.

"그렇다면 이 카샤가 저 남자를 돕도록 하지."

그 꼬리 달린 작은 신이 주먹을 꼭 쥐며 자신감을 드러냈다.

카샤는 그 상태로 눈을 딱 두 번 깜박거렸다.

"그러나 문제가 좀 있네."

"도울 수 있는 일이라면 얼마든지 돕겠소."

엠프레스의 적극적인 모습에 카샤의 표정과 자세가 조금씩 무너져 내렸다.

"본좌의 연산 능력은 고향에 있어야만 완전히 발휘된다네."

엠프레스는 그 말을 듣자마자 카샤의 상태를 분석해 봤다.

'과연 그렇군. 뇌와 신경계통을 제외하고는 몸 전체가 신이라기보다 일반 생명체에 가까워. 인공의 신이 가진 한계인가?'

카샤가 자신의 문제점을 솔직히 밝히자 퀸들은 처분하자는 말을 꺼냈을 때와는 달리 차분한 태도를 보였다.

카샤는 그 모습을 보고 가슴을 졸였다.

'역시 허풍은 어느 종족에게나 불쾌감을 주는 행동이로

구나.'

그녀는 탈출하겠다는 생각에 억눌려 거짓과 두려움을 드러낸 자신을 질책했다.

"연산 능력은 내가 보조해 주겠소."

엠프레스가 말했다.

"그대가? 무슨 수로?"

"우리는 온갖 신들의 구조에 대한 구체적인 자료를 가지고 있소. 카샤여, 당신의 구조는 다행히도 저 남자가 존재해 온 세계의 신들과 유사하오. 보조는 어렵지 않소."

"그러한가? 그런데 그대는 왜 저 남자를 도우려 하는 것인가?"

"우리를 이끌어주시는 분께서 나에게 내리신 명을 따르는 것이오."

그 대답에 카샤가 묘한 미소를 지었다.

"헤에, 남녀 관계에서 비롯된 행동은 아니라는 건가?"

"우리와 저 남자는 근본적으로 다른 생물이오. 번식 욕구에서 비롯된 심신의 변화가 일어날 여지가 없소."

엠프레스의 목소리와 표정 모두 단호했다.

"그, 그렇군. 하하, 오해해서 미안하네."

뒤이어 카샤가 진지하게 말했다.

"잠시 물러나게. 준비를 하겠네."

"알겠소."

엠프레스가 뒤로 물러나고 퀸 클래스들 역시 벽 쪽으로 이동했다.

카샤의 몸이 큰 불길에 휩싸였다. 적갈색의 피부가 새빨갛게 달아오르고 흰색의 문양이 몸 전체에 떠올랐다.

그녀를 중심으로 꽃봉오리처럼 뭉친 화염이 이윽고 활짝 열렸다.

그 안에서 나타난 것은 새빨간 도복을 걸친 묘령의 여성이었다.

불꽃 속에서 긴 머리를 흔들며 떠 있던 그녀가 눈을 부릅뜨며 오른손을 내밀었다. 그녀를 감싸고 있던 화염이 금색의 끈으로 변해 여성의 손에 쥐어졌다.

"흠!"

그녀는 휘날리는 자신의 머리채를 움켜쥐고 그 끈으로 머리를 묶었다.

끈에 묶인 말총머리가 그 모양 그대로 불꽃으로 변해 활활 타올랐다.

두 다리로 착지한 여성, 카샤는 앞쪽으로 오른발을 내딛고 무릎을 반쯤 굽힌 뒤 그 위에 오른팔 팔꿈치를 댔다.

"천상천하(天上天下), 지존무상(至尊無上)! 아시엔의 미디엄, 지금 이 자리에 열화등장(烈火登場)!"

그러더니 손바닥을 펴고 팔을 좌우로 벌렸다.

마무리 자세까지 마친 카샤는 두 손을 허리에 대고는 상쾌한 표정을 지었다.

"이야, 몸이 확 풀리는 느낌이로세."

벽에 등을 대고 나란히 서 있던 퀸들이 서로를 봤다.

[저 동작과 독백은… 일종의 무속 의식인가?]

한 명이 정신감응으로 질문하자 다른 한 명이 고개를 살짝 움직였다.

[자네도 알겠지만 신이라는 존재는 저런 행동을 하지 않아도 자신에게 필요한 것을 갖출 수 있지. 하지만 굳이 우리가 상대를 부정하거나 멸시할 이유도 없다고 보네.]

[어째서 그런가?]

[귀여우니까.]

처음 질문을 했던 퀸은 자신의 동포가 쓴 가면을 뚫어지게 바라봤다.

조금이나마 '신'에 가까운 모습을 갖춘 카샤가 엠프레스를 노려보며 팔짱을 꼈다.

"다시 말하겠네만, 아무리 키르히의 은인을 돕는 일이라 하더라도 자네들이 죽인 내 고향의 사람들은 잊지 않을 것이네. 반드시 죗값을 치러야 할 테니 명심하게."

"알겠소."

어떻게 죗값을 치르게 할지 딱히 생각해 본 일이 없었던 카샤는 조금 고민했지만 상대가 그 어떤 일이든 피할 생각이 없다는 사실만은 확실히 느낄 수 있었다.

"아, 자네의 성명은 무엇인가?"

"이름은 없소. 직위는 엠프레스라오. 엠프레스라고 부르시오."

그녀의 기계적인 대답에 카샤는 쓴 열매를 씹은 듯한 표정을 지었다.

"재미없는 태도로군!"

"재미를 느낄 상황도 아니오."

엠프레스의 말대로 지금은 사냥꾼들이 추가적인 행동을 하기 전에 리오의 일을 해결해야만 했다.

"큭, 그렇게 나온다면 본좌는 이 남자를 돕지 않을 것이네!"

엠프레스는 카샤의 어리광을 어떻게 상대할까 하다가 과거 어디선가 들었던 이야기를 떠올리고는 그것을 이 상황에 적용해 보기로 했다.

"내 본명을 듣게 되면 당신은 나와 가족이 될 수밖에 없소."

"가족?"

뜻밖의 설명에 카샤가 놀랐다.

"무슨 말인가?"

"결혼을 해야 한다는 뜻이오."

"에……?"

카샤의 혈기왕성한 얼굴에 냉기가 맺혔다.

그 거짓에 놀란 자는 카샤만이 아니었다. 퀸들 역시 경악하고 있었다.

[그 버릇없는 비숍, 아르비스는 어떻게 되는 거지? 본명을 밝혔다고 들었는데?]

[진정하게. 가족이니 결혼이니 하는 것은 처음 듣는 이야기일세. 아마도 엠프레스께서 상황을 무마하시기 위해 거짓을…….]

[우리 경작지의 엠프레스께서 거짓을 말씀하실 리가 없지 않나?]

동료의 광신적인 반응에 퀸은 당황했다.

[생각이 있으시겠지. 진정하게.]

한편, 엠프레스의 이야기를 그냥 믿어버린 카샤는 가슴 위를 손으로 누르며 호흡을 진정시켰다.

"보, 본좌가 실례했군. 미안하이."

"집중하시오, 카샤여."

"알았네."

카샤의 오른손에서 뻗어 나온 불꽃이 리오의 짓이겨진

반복되는 지옥 257

육체 쪽으로 옮겨 붙었다.

"이제 프로토콜의 해석을 시작하겠네. 내 몸에 접촉하게."

"알겠소."

엠프레스는 카샤의 뒤쪽에 한쪽 무릎을 꿇고 앉은 후 그녀의 몸을 껴안았다.

"히익?"

엠프레스의 과감한 신체접촉에 놀란 카샤가 자신도 모르게 비명을 질렀다.

"접촉 면적이 넓을수록 좋은 법이오."

뒤이어 엠프레스의 붉은색 망토가 카샤의 몸 전체를, 심지어는 얼굴과 머리카락까지 단단히 휘감았다. 카샤는 엠프레스의 망토와 자신의 몸이 융합되는 듯한 그 감촉을 견디기가 힘들었다.

하지만 카샤는 엠프레스의 말대로 자신의 연산 능력이 천문학적 단위로 상승하는 것을 느꼈다.

"과연, 효과가 좋군!"

카샤는 감격했지만 그녀가 만약 자신의 현재 상태를 제대로 알았다면 가공할 만한 공포를 느꼈을 것이다.

엠프레스의 망토는 카샤의 몸에 붙는다는 개념을 초월하여 그녀의 모공과 입, 귀, 그리고 코 안쪽까지 철저하게 파고든 상태였다.

카샤가 느낀 '융합'은 착각이 아니었다.

"해석이 거의 끝나가는군."

"그렇소?"

잠수했다가 떠오르듯 엠프레스의 금발과 콧날 바로 아래까지가 망토 밖으로, 정확하게는 카샤의 귓가 바로 옆에서 빠져나왔다.

물론 본래 엠프레스의 머리가 있어야 할 자리와는 동떨어진 장소였다.

"오오, 이 남자의 고유 영역이 느껴지는군. 대단한 규모일세. 이건 마치… 세상 그 자체야."

카샤가 헤벌쭉 웃으며 말했다. 목소리와 육체의 반응이 완전히 제각각이었다.

"자네와 함께 그가 처한 상황에 개입할 수 있을 것 같네. 어찌할 텐가?"

"내 책임을 다할 수 있도록 도와주시오."

"알겠네."

카샤와 리오를 연결해 주는 불꽃이 강해지면서 그녀와 엠프레스의 의식이 리오의 고유 영역 안으로 진입했다.

\* \* \*

카샤와 함께 숲에 숨어 어떤 왕국의 축제를 지켜보던 엠프레스는 하늘에 갑자기 나타난 거대 요새와 그곳에서 수없이 쏟아지는 기계들을 보고 그 일대를 탐지해 봤다.

그 전까지 엠프레스는 '고유 영역'이 정확히 무엇인지 분석하고 있었다.

리오의 고유 영역을 따라 들어왔음에도 불구하고 그들이 도착한 장소에 리오는 없었다.

하지만 모습만 보이지 않을 뿐, 행성 전체에 그의 느낌이 팽배해 있었다.

"이것은 예상이오만, 아무래도 리오 스나이퍼의 의식과 연결된 것은 아카식 레코드로 추정되오."

"리오 스나이퍼?"

카샤가 눈을 크게 뜨고 엠프레스를 쳐다봤다.

"그게 누군가?"

"분석을 부탁드린 남자의 이름이오."

"아, 그렇군. 그럼 아카식 레코드는?"

"어떤 신계의 주인, 즉 주신들이 아주 드물게 만들어내는 과거와 현재, 미래의 기록이오. 정해진 운명 같은 것을 좋아하는 자들이 헛된 힘을 부여한 저주의 일종이라 할 수 있소."

"저주?"

"주신의 지배권 내의 모든 생물들은 아카식 레코드에 적힌 기록에 따라 움직일 수밖에 없소. 그것이 저주가 아니고 무엇이겠소?"

"과연."

십대 중후반의 외모를 유지하고 있는 카샤가 팔짱을 꼈다.

"그보다 사람들을 도와주지 않아도 괜찮겠나?"

"어느 쪽을 말씀하시는 것이오?"

"당연히 공격당하는 쪽이지. 저 도시 안에 사는 사람들에게서는 특별한 악의가 느껴지지 않는다네. 반면 공격해 온 자들은 하늘에 떠 있는 성을 중심으로 퍼진 사악한 기운에 완전히 지배당하고 있네."

엠프레스는 구불구불한 앞머리를 옆으로 훑으며 공중에 떠있는 요새를 살폈다.

"내 기억이 옳다면 저 건축물 안에 있는 존재는 부르크레서라는 이름의 옛 신이 분명하오."

"부르크레서?"

"지금의 신들이 신계를 차지하기 전에 존재했던 옛 신들 중에 한 명이오."

엠프레스의 왼쪽, 즉 카샤의 얼굴 정면에 빛의 글자로 만들어진 명단이 병풍처럼 크고 넓게 떠올랐다.

"원시적 무속신앙에서 기원한 그는 두 가지의 모습을 가지고 있었소. 하나는 미약하게나 인간의 정신을 주관하여 야만족들을 간접적으로 지켜주는 수호신의 일면이고, 다른 하나는 식인행위를 통해 자신의 힘을 증가시키는 살육신의 일면이오. 올림포스라는 신계의 주변에는 그러한 신들이 아주 많았소."

"오, 뭔가 규모가 있어 보이는 이야기로군."

카샤는 엠프레스가 보여준 명단에서 부르크레스의 이름을 찾고 그에 대한 정보를 열람했다.

"아스가르드라는 신계의 멸망을 끝으로 부르크레서와 같은 작은 신들이 새로운 신들의 토벌 대상에 올랐는데, 부르크레서는 뜻을 같이하는 다른 신들과 함께 전쟁을 일으켰소. 기록으로 남길 가치조차 없는 사건이었기에 우리들 가운데에서도 관계자들 외에는 그들을 모르오."

"오, 여기 있군."

카샤가 고개를 끄덕거렸다.

"저항하던 신들은 결국 몸을 잃고 영혼만이 남아 세상의 틈새를 떠돌게 되었군. 그런데 기록으로 남길 가치조차 없다는 말의 뜻은 뭔가?"

"나의 개인적인 의견이오."

"흠."

카샤는 엠프레스가 왜 그러한 의견을 남겼는지 궁금했다.

그로부터 한참 뒤, 한 줄기의 화염이 도시로부터 치솟았다. 카샤는 창을 반대로 잡고 그 끝을 비트는 파란 장발의 남자를 관심있게 지켜봤다.

"저 친구 혼자 지금껏 저항했단 말인가?"

"그런 것 같소."

엠프레스는 다른 자들이 자신들을 감지하지 못하도록 은폐 기술을 철저하게 유지했다.

'아카식 레코드가 리오 스나이퍼의 고유 영역 내에서 재생되는 것이라면 저들은 그저 움직이는 기록일 뿐이야. 하지만 이쪽을 감지하면 자신에게 설정된 값에 따라 반응하겠지. 개입할 여지를 남겨두면 안 돼.'

이윽고, 슈렌의 화염이 하늘에 뜬 요새의 최상부까지 치솟았다. 그 화염은 어떤 것도 통과시키지 않을 것 같던 요새의 결계마저 뒤흔들었다.

"저 남자, 생명을 내던지는군! 엠프레스여, 정말 말려야 하지 않나?"

카샤가 다급히 말했지만 엠프레스는 그녀의 어깨를 붙든 후 고개를 저었다.

반복되는 지옥

요새 최상부에서 인간의 모습을 한 뭔가가 날아올라 슈렌에게 접근했다.
 슈렌은 저항하려 했지만 어떻게 할 수 있는 상황이 아니었다. 요새에서 나온 존재, 부르크레서의 손바닥은 이미 그의 눈앞에 있었다.
 부르크레스의 손에서 터진 시퍼런 화염이 슈렌의 몸을 감쌌다.
 '멜튼이라는 이름의 술법이군.'
 엠프레스는 부르크레서와 슈렌 사이에 존재하는 힘의 차이를 알기에 별다른 기대를 갖지 않았다.
 하지만 그 강력한 화염공격을 정면으로 받아냈음에도 불구하고 슈렌은 외상만을 입었을 뿐, 즉사할 만큼의 내상을 입지는 않았다.
 엠프레스에게는 그것이 의외였다.
 '예상외의 저력을 발휘하는군.'
 하지만 이어서 다시 터진 멜튼을 버티지는 못했다.
 푸른 화염 속에서 슈렌의 몸이 타오르다가 결국 재도 남기지 못하고 사라졌다. 그가 손에 쥔 무기는 땅에 떨어졌지만 그마저도 붉은 화염으로 변해 세상에서 자취를 감췄다.
 "안타깝군."

카샤가 한탄했다.

"마음 놓으셔도 되오. 저들은 통상적인 방법으로 사망했을 때 3개월 정도가 지나면 되살아날 수 있소."

"에에?"

카샤는 기분이 묘했다. 그 말 한마디에 자신이 바보가 되어버린 느낌을 받았기 때문이다.

"자네, 재미없는 이야기꾼이라고 핀잔을 들은 일이 있지 않나?"

"……"

엠프레스는 말이 없었으나 카샤의 눈에는 그녀가 민망하여 딴청을 부리는 것으로밖에는 안보였다.

그때, 이상한 소리와 공간 왜곡의 느낌이 카샤와 엠프레스를 괴롭혔다.

고개를 든 카샤는 도시 상공에 일어난 공간 왜곡의 파문을 보고 깜짝 놀랐다.

"저건 또 뭐란 말인가?"

"대형 물체가 이쪽을 향해서 초보적 단계의 공간 이동을 하고 있소."

도시 상공에 일어난 공간 왜곡 현상이 사라진 뒤, 먼저 하늘에 자리 잡고 있던 요새보다 훨씬 큰 물체가 모습을 드러냈다.

지상에서 그 물체를 올려다보는 사람들의 얼굴은 모두 백짓장 같았다.

"우와, 크군!"

"드래고니스라는 이름의 함선이오. 본래는 도시와 연결되어있지만 지금은 전투를 위해 전투 구역만 따로 떼어 왔구려."

드래고니스의 공간 이동이 완전히 끝난 후, 이동하는 그 도시로부터 거대한 드래곤 한 마리가 모습을 드러냈다.

부르크레서 앞에 그 드래곤은 주위를 두리번거리며 뭔가를 찾았다. 하지만 원하는 것을 찾지 못한 드래곤은 차가운 눈빛으로 부르크레스를 노려봤다.

"오오, 구름 짐승보다 크다니! 저 생명체는 뭔가? 응? 응?"

카샤가 손가락으로 하늘을 쿡쿡 찌르며 물었다.

"용족이라 하오. 더불어 지금 나타난 드래곤은 서룡족의 우두머리라오."

엠프레스는 이번에도 밋밋하게 대답했다.

드래곤과 몇 마디 대화를 나눈 부르크레서의 손에서 거대한 충격파가 뿜어졌다.

드래곤의 몸 주위에 펼쳐진 결계는 그 충격파를 문제없

이 막아냈다.

"대단하군! 과연 우두머리!"

카샤는 관객의 역할을 충실히 하고 있었다.

드래곤이 날개를 펄럭이며 위로 솟구쳤다.

그러자 드래고니스의 앞쪽에 뚫린 구멍들에서 거대한 광선이 뿜어져 나왔다.

대기를 증발시키며 날아간 두 줄기의 빛은 부르크레서에게 적중했지만 갑자기 일어난 충격으로 인해 그 빛줄기는 양쪽으로 꺾여 나갔다.

빗나간 광선은 강과 산을 쳤다. 지형은 완전히 망가졌고 폭발의 충격이 도시를 덮쳤다.

인상을 구긴 용족의 우두머리, 아니, 제왕은 이어서 닥쳐온 부르크레시의 빈격을 피해 이리저리 비행했다.

마침 그때 용제의 이마 위로 작은 빛줄기가 떨어졌다.

'공간 이동?'

엠프레스는 공간 이동을 통해 나타난 자들을 급히 확인했다.

목을 풀고 있는 지크 스나이퍼와 담배를 물고 있는 휀 라디언트, 용제의 이마에 다크 팔시온을 대고 있는 바이론 필브라이드, 그리고 왼쪽 눈을 붕대로 단단히 감은 채 머리를 다시 묶는 리오 스나이퍼의 모습이 확인되었다.

"리오 스나이퍼가 저기 있소."

"오, 어디인가?"

"우두머리의 이마 위에 있는 붉은 장발의 남자라오."

"음……."

카샤는 인상을 쓴 채 엠프레스가 지적해 준 장소를 살폈다.

"회색 망토를 두른?"

"그렇소."

그러자 카샤의 표정이 이상해졌다.

"머리색 빼고는 아레스와 똑같이 생겼군."

"아레스?"

"그렇다네. 본좌의 친구지. 본좌가 마지막으로 들은 소식은 그 친구의 실종이었네만… 설마 우연이겠지?"

엠프레스는 대답을 하려다 말았다.

그와 관련된 사항을 사이악스에게 들은 것 같기도 했지만 기록을 본 적이 없었기에 그녀는 침묵으로 일관했다.

"아무튼 저 남자를 중심으로 가공할 만한 양의 기록 변화가 이뤄지고 있군. 자네가 말했던 아카식 레코드라는 것에 직접적인 영향을 끼치는 것 같네."

"……."

"아무튼 본인이 나타났으니 접촉해 보는 것이 낫지 않

겠나?"

"일단은 두고 봐야 할 것 같소."

"아니, 왜?"

"지금 저 남자는 제 정신이 아니라오. 자아가 분열된 것인지 모르겠지만 자신이 한 번 겪었던 과거를 마치 현재인 것처럼 충실하게 반복하고 있소."

"그렇다면 엠프레스여, 대체 어쩌자는 말인가?"

"아카식 레코드에 따라 일이 진행되고 그 기록이 내가 아는 이 세계의 역사와 일치한다면 리오 스나이퍼는 이 전투에서 승리하게 되어 있소."

"어차피 이길 싸움이니 그냥 지켜보자는 건가?"

"그렇지 않소. 이 상황을 꾸민 존재가 사냥꾼들이고 그들이 하이볼크 신계의 아카시 레코드를 직접 조작하고 있다면 우리는 저 남자와 하이볼크 신계에 더 이상 관심을 가질 이유가 없소."

"응?"

"하이볼크의 신계 자체가 만약 우리 동포를 잡기 위한 사냥꾼들의 함정이라면 이유를 불문하고 소거해야 하오."

카샤는 자신의 곁에 있는 존재가 자신을 고향에서 납치하고 고향의 주민들을 학살한 자들의 상급자라는 사실을 떠올리고 말았다.

"그렇다면… 본좌의 고향도 소멸시킬 것인가? 알게 모르게 이 일과 관련되어 버렸는데?"

"거기까지 판단하기에는 이르다고 생각하오. 또한 나 혼자 결정할 일은 더더욱 아니니 일단 지켜보는 것이 좋겠소."

"으……!"

자신이 굉장한 실수를 저질렀을지도 모른다는 생각에 카샤는 괴로웠고 또한 두려웠다.

그녀는 자신이 엠프레스를 쓰러뜨리기는커녕 도망도 못 친다는 잔인한 현실을 확실히 이해하고 있었다.

물론 엠프레스는 모든 것들을 스스로 판단하여 당장 모든 것을 어떻게 할 생각은 추호도 없었다.

자신의 가설대로 사냥꾼들이 이 모든 일의 배후에 있다면 다 날려 버리고 도망치는 식으로 일을 처리하는 것보다 오랜 시간을 들여서라도 철저히 조사해야 한다는 것이 그녀의 판단이었다.

엠프레스와 카샤 사이에 긴장감이 흐르는 가운데, 리오와 그 일행은 부르크레서와의 대격전을 치렀다.

십여 분이 흐른 뒤, 부르크레서와 맞상대하던 리오의 몸에서 녹색의 빛이 뿜어졌다.

지하드의 발동을 느낀 엠프레스는 상황에 더욱더 집중했다. 카샤는 처음 보는 그 녹색 빛의 아름다움에 빠져 잠시나마 두려움을 잊었다.

수천 개의 검광이 부르크레서의 몸을 덮쳤다. 부르크레서가 사용하는 그 늙은 육체는 버티지 못하고 분자 단위로 분해되었다.

육체가 완전히 사라지기 직전, 부르크레서의 목소리와 마지막 힘이 리오를 덮쳐 왔다.

리오는 지쳤는지 부르크레서의 힘을 피하지 못했다.

엠프레스는 왜 리오가 부르크레서와 같은 저급한 신 따위를 저토록 오랫동안 상대하고 지치기까지 했는지 궁금했다.

'이키식 레코드의 침식 능력이 저토록 강력하단 말인가?'

다행히도 부르크레서가 사용한 힘은 공격적인 능력이 전혀 없었다.

"네 미래를 보여주마, 리오 스나이퍼! 넌 네가 운명이란 것과는 관련이 없다고 믿고 싶었겠지만 이 미래만큼은 바꿀 수 없을 것이다! 하하하하핫!"

"뭐라고?"

부르크레서의 힘을 정면을 받아버린 리오의 오른쪽 눈앞

에 수많은 광경들이 펼쳐졌다.

은색 머리카락의 여성, 붉은 머리카락의 여성, 대머리 노인, 눈에 익은 듯한 세상, 서룡족의 모습, 동룡족의 모습, 그리고 순백색의 인간형 병기.

하지만 리오는 보기만 했을 뿐, 기억하지 못했다.

아니, 본래는 기억하지 못했어야 했다.

그 스스로가 F.O.R로 구워버린 왼쪽 눈에서 붕대를 찢고 검은색의 연기가 뿜어져 나왔다.

"크으윽!"

땅에 추락해 버린 그를 향해 지크가 달려왔다.

"어이, 리오! 뭐하는 거야! 그 연기는 뭐고?"

"오지 마!"

추락 지점에 엎드린 리오는 검도 놓아버리고 두 손으로 땅을 움켜쥐었다.

"이건… 내가 한 일이… 아니야!"

"뭐?"

다시 디바이너를 쥐고 일어난 리오는 자신이 지금껏 사용한 또 다른 검, '파라그레이드'를 발로 밟아 부숴 버린 뒤 오른쪽 눈에서 붉은 빛을 흘리며 어디론가 걸어갔다.

지크가 당황하여 그를 쫓아갔다.

"진짜 괜찮은 거야? 나를 좀 보라고!"

"비켜!"

리오는 손도 대지 않고 지크를 날려 버렸다.

갑작스레 증가한 리오의 힘에 저 멀리 있던 휀과 바이론이 움찔했다.

엉망이어야 할 리오의 몸은 깨끗이 회복되어 있었다. 또한 그의 몸에서 비롯되고 있는 힘은 휀과 바이론 모두 경험해 본 일이 없을 만큼 압도적이었다.

한편, 전투가 끝났다는 사실에 감격하여 울고 있던 소녀, 리카는 울음을 멈추고 발밑을 바라봤다.

회은색의 펜던트가 그녀의 앞에서 구르고 있었다.

그것이 타르자가 남긴 펜던트라는 사실을 모르는 리카는 뭔가에 홀린 듯 그것을 향해 손을 뻗었다.

그때, 펜던트가 갑자기 허공으로 떠올라 박살 났다.

부서진 펜던트의 파편에 어느새 대피소로 돌아온 리오의 모습이 반사되었다.

"어라?"

탄성과 함께 리카의 큰 눈이 반짝 뜨였다. 그녀는 자신과 자신의 주위를 이리저리 둘러보며 어이없어 했다.

"내가 왜 이러고 있지? 어떻게 된 거야?"

"네가 그걸 붙잡으면 어떻게 되는지 알아?"

리오의 목소리를 들은 리카의 얼굴이 확 달아올랐다.

"어, 어떻게 되는데?"

"너는 집에 못 가고 나는 엿을 먹게 되지."

"뭐라고?"

평소라면 리오에게 달려들어 폭력을 행사해야 했을 리카였지만 그녀는 왼쪽 눈구멍에서 검은색 안개를 흘리고 오른쪽 눈에서는 붉은 빛을 흘리는 리오의 모습에 질겁하여 아무 짓도 하지 못했다.

"그래, 이것도 아니야."

리오의 표정에 광기가 올라왔다.

그의 디바이너가 움직이는 순간 하늘에 떠 있던 드래고니스의 전투 구역이 두 동강 나면서 폭발했다.

"이제야 제정신이 드는군. 이 웃기는 동네에서 부르크레서만 다섯 번은 넘게 잡은 것 같아."

그를 바라보는 모든 이들의 행동이 획일화되었다.

지크와 휀, 바이론의 육체가 폭발하고는 그 폭발 지점을 향해 커다란 암석들이 달려들었다.

뭉쳐진 바위는 검은색 표면의 사냥꾼 셋으로 변했다.

뒤이어 리카와 클루토를 비롯한 사람들이 전부 사라지고 데우스 엑스 마키나 현상을 상징하는 흰색의 고리들이 상공에 잔뜩 피어올랐다.

"그리고 네놈들에게 다섯 번은 진 것 같군."

리오가 쓴웃음을 지었다.

"이번이 마지막일 것이야."

리오의 옆에서 여성의 목소리가 들렸다.

카샤를 옆에 끼고 나타난 엠프레스가 자신의 낯을 꺼내며 리오를 봤다.

"그대여, 기다리게 했군."

"……"

리오는 대단히 당황했다. 그는 그 금발의 미녀가 엠프레스일 것이라는 생각을 전혀 못하고 있었다.

"일단 쉬프터인 것 같은데, 옆에 끼고 있는 여자애부터 좀 놓고 이야기하는 게 어때?"

엠프레스가 미묘한 표정으로 리오를 응시했다.

"외심인가, 아니면 의협심인가?"

"그냥 눈에 밟혀서 그래."

사냥꾼들이 사방에서 나타나고 몰려드는 가운데, 리오가 손짓으로 카샤를 놓아줄 것을 재촉했다.

엠프레스는 고민없이 카샤를 놓아주었고 카샤는 불타는 자신의 말총머리를 흔들며 리오의 뒤쪽에 숨었다.

"그래, 우리 엠프레스 아가씨가 이곳에는 어떻게 오셨을까? 방법이 궁금한데?"

"내가 엠프레스라는 것을 알면서 모르는 척했던 것인가?"

엠프레스가 살짝 불쾌감을 드러내자 리오는 어깨를 으쓱했다.

"의심당하기 싫다는 표정을 보고 알았지."

그는 이어서 자신의 뒤에 숨은 카샤의 말총머리를 손으로 만졌다.

"이 여자애는 누구지? 쉬프터는 아닌 것 같은데?"

카샤는 자신의 머리카락을 화상에 대한 두려움없이 건드리는 리오를 보고 그냥 정신 나간 인간이 아님을 느꼈다.

"본좌의 이름은 카샤다. 화사무쌍이라고도 불렸지."

"리오 스나이퍼라고 해. 리오라고 불러."

둘이 손을 맞잡았다.

카샤는 리오가 조금 두렵긴 했지만 피하고 싶진 않았다. 리오 역시 그녀가 왠지 모르게 반가웠다.

'머리색이 비슷해서 그런가?'

리오는 쓸데없는 생각을 해봤다.

"그녀는 키르히 펙터의 세계를 관리하는 신이다. 우리가 보호하고 있었지."

엠프레스는 자세한 이야기를 하면서 자신의 큰 낫을 지평선 따라 한 바퀴 휘둘렀다.

접근하던 사냥꾼들이 그 한 번의 공격에 모두 두 동강났을 뿐만 아니라 뒤편에 있던 도시, 말스 왕국의 수도까지 충격파에 분쇄되어 벽돌 하나 남기지 못하고 가루가 되었다.

"신?"

리오는 카샤를 물끄러미 내려다봤다.

"키르히가 계속 원숭이라고 해서 정말 원숭이인 줄 알았는데, 아니군."

카샤의 관자놀이 부근에 혈관이 불거졌다.

"키르히 펙터! 그 염병이나 걸릴 놈! 그놈은 항상 그런 식이지! 본좌를 짐승 이상으로 생각하지 않는단 말일세!"

카샤가 화를 내고 리오가 그 모습을 쳐다보는 동안 엠프레스는 낫질과 의식으로 상대를 조준하여 분쇄하는 특수기술들을 동원히여 자신들을 향해 몰려오는 사냥꾼들을 소탕하고 있었다.

엠프레스는 자리에서 아예 움직이지도 않았다.

리오는 여성이면서도 강력한 자는 많이 봐왔지만 자신을 귀찮게 하지 않는 '상식'까지 함께 갖춘 존재는 거의 못 봤기에 힘을 마음껏 과시하는 엠프레스가 그리도 신기할 수가 없었다.

다양한 크기의 사냥꾼들이 일제히 멈추더니 서로를 향해 달려들어 하나로 뭉쳤다. 뭉쳐진 사냥꾼들은 모두 붉은색의 초중량급 사냥꾼으로 변했다.

사냥꾼들이 합체하는 모습을 처음 보는 엠프레스는 자못 놀란 얼굴을 했다.

"저들이 어떠한 방법을 통해 일정 수치 이상의 힘을 가질 수 있다는 것은 들어서 알고 있었지만 설마 합체일 줄은 몰랐군. 리오 스나이퍼여, 어찌 생각하나?"

그러나 리오는 엠프레스에게 관심이 없었다. 그는 키르히 펙터가 지금까지 자신을 어떻게 괴롭혔는지 알리느라 분주한 카샤에게 눈을 빼앗겨 있었다.

"알겠나? 그 녀석은 본좌에게 먹을 것을 안 줬단 말일세! 이 작고 귀여운 본좌에게!"

"귀여운 건 모르겠지만 작다는 말에는 동의할 수 없군. 그 정도면 평균 키잖아?"

"지금은 신으로서의 위엄을 보이기 위해 다른 모습을 한 것뿐이라네!"

"아, 그래그래. 하지만 키르히는 너를 위해 목숨을 내던진 녀석이야. 혹시라도 사이악스가 내걸었던 조건을 성공시켜서 너와 함께 고향으로 돌아간다 하더라도 인간으로서의 생활은 되돌릴 수 없을지도 몰라. 운이 없으면 나처럼 되어 있겠지."

카샤가 리오의 얼굴을 보다가 고개를 갸웃했다.

"애꾸눈이 된다는 건가?"

"너 몇 살이야?"

리오가 태평하게 화를 내는 한편, 엠프레스는 다시 몰려오는 초중량급 사냥꾼들을 분쇄하느라 여념이 없었다.

사방에서, 그리고 하늘에서 포물선을 그리며 날아오는 광선들이 엠프레스의 힘이 만든 공간 왜곡으로 인해 꺾여 다시 사냥꾼들에게 되돌아갔다.

피해를 무릅쓰고 돌격하여 특유의 빛을 주먹에 감고 휘두르려던 사냥꾼은 엠프레스가 자신의 표면에 꽂아버린 초미세입자들에 의해 벌집이 되면서 붕괴했다.

그 미세입자의 정체는 초소형 블랙홀이었다. 입자가 유지되는 시간은 10의 27제곱분의 1초라는 극단적인 시간이었지만 위력은 행성을 뚫고도 남을 수준이었다.

사방에서 난리가 났음에도 불구하고 리오와 카샤의 귀에는 자신들의 소리밖에 들리지 않았다.

엠프레스가 미리 쳐 놓은 보호막 덕분이었다.

엠프레스는 하늘과 땅을 새까맣게 뒤덮은 초중량급 사냥꾼들을 보고 미간을 찌푸렸다.

'합체하여 초중량급 사냥꾼을 만들 수 있으면서 위험 등급 사냥꾼을 만들지는 못한단 말인가?'

그녀는 왜 그런지 잠깐 생각해 봤다.

'기록상 위험 등급 사냥꾼이 우주에서 경작지의 지상으로 내려온 적은 한 번도 없었지. 대기권에 존재하는 것만으로 우리가 설정한 경작지의 물리법칙을 뭉개 버릴 수 있기 때문인데……'

어떤 결론에 도달한 그녀는 순식간에 거리를 좁히는 사냥꾼들을 지켜보다가 리오의 어깨를 낫의 뭉툭한 부분으로 쿡 밀었다.

"그대여, 이곳에서 신을 보호하라."

리오는 주변 상황을 보고 씩 웃었다.

"어쩌려는 거지?"

"아무래도 이 세계에서 재현할 수 있는 사냥꾼의 한도는 초중량급 정도인 것 같군. 그 이상의 등급을 가진 사냥꾼은 하이볼크의 아카식 레코드에 적용된 규칙을 위배하기 때문일 것이야."

"호오, 그래서?"

"이들을 제거한다."

엠프레스는 낫으로 자신의 왼팔을 잘라 바닥에 떨어뜨렸다.

자기 얘기를 하느라 정신없던 카샤도, 회의적인 생각으로 그녀를 바라보던 리오도 그 행동에 놀라 말을 잊었다.

"내 몸의 일부를 이곳에 두면 보호막은 유지될 것이다.

반감기가 1,500년이고 보호막이 한계점까지 운용될 경우에는 적어도 두 시간을 버틸 수 있으니 안심해도 좋아."

"그래서, 희생을 하시겠다고?"

"임무 완수다."

엠프레스는 강조를 하듯 톤을 높여 말했다.

"사이악스님께서 그대를 챙겨주라고 나에게 명령하셨지. 또한 그대를 사냥꾼의 수작에서 벗어나게 하지 않으면 동포들이 있는 본거지가 위험해질 수 있다. 이 상황에서 도망치는 것 외에 내가 할 수 있는 일이 또 무엇이 있겠나?"

"흠, 없겠지."

리오가 씩 웃었다.

"그럼 실력 좀 구경해 볼까?"

"가능하다면 그리하도록."

엠프레스가 그 자리에서 사라졌다.

정확하게는 사라진 것이 아니라 리오의 감각을 초월한 속도로 움직인 것이다.

상공의 사냥꾼 일부를 일소하며 자리를 잡은 엠프레스는 이미 행성 절반을 덮은 사냥꾼들과 그 사냥꾼들의 통행로인 데우스 엑스 마키나 현상을 의식으로 포착했다.

'연산 보좌, 육체의 상실 등으로 나에게 허락된 힘은 본

래의 4분의 1이하로군.'

 엠프레스의 몸이 검은색 안개에 휩싸이고 두 눈에서 터져 나오는 붉은색 안광은 사납게 일그러졌다. 리오가 올림포스 행성에서 전투를 할 때부터 보였던 현상과 거의 흡사했다.

 '상대가 초중량급이라 다행이야.'

 그녀에게 닿기 직전까지 뻗어왔던 사냥꾼의 팔이 갑자기 지네처럼 구불구불 꺾이고는 부풀면서 폭발했다.

 돌진하던 사냥꾼들뿐만 아니라 다음 공격을 위해 줄을 맞추던 사냥꾼들까지 똑같이 몸이 꺾이고 부푼 후에 온갖 색의 보석을 잘게 갈아 만든 듯한 입자들을 진하게 뿜으며 터졌다.

 그 현상은 엠프레스의 의식에 잡힌 모든 사냥꾼들에게 적용되었다.

 사냥꾼들이 일망타진된 후 남은 데우스 엑스 마키나의 고리들은 지상에서 고속으로 솟아오른 바위들에 맞아 깨지며 사라졌다.

 한 순간에 사냥꾼들을 청소한 엠프레스는 다시 보호막 안으로 돌아왔다.

 그녀는 자신에게 압도되어 덜덜 떨고 있는 카샤를 한 번 본 후 땅바닥에 놓여 있는 자신의 왼팔을 들어 본래의 위치에 붙였다.

"카샤여, 이제 그대에게 달렸소."

엠프레스가 말했다.

"사냥꾼들의 영향력이 줄어든 지금이야말로 리오 스나이퍼를 이 고유 영역에서 빼낼 기회라고 생각되는데, 가능하겠소?"

카샤가 심각한 표정으로 엠프레스를 바라봤다. 손은 리오의 망토를 붙들었지만 각오와 패기에는 거짓이 없었다.

"그 이후엔 우리를 어찌할 생각인가?"

"우리는 당신을 계속 보호할 것이오. 또한 어떠한 형태로든 이번 협조에 대한 대가를 지불할 것이니 안심하시오."

"하이볼크의 신계라는 곳을 소거하겠다고 하지 않았나?"

카샤가 두려움을 섞어 목소리를 높이자 엠프레스는 앞서 말을 너무 많이 했다며 자책했다.

'관심을 준 것에 대한 대가인가?'

말도, 표정의 변화도 없는 엠프레스를 지켜보던 리오가 이윽고 팔을 뻗어 카샤의 등을 토닥거렸다.

"미안하지만 여기서 말싸움을 해봤자 결론은 안 나. 우린 어떻게든 이 지옥을 벗어나야만 해."

"……."

"그리고 하이볼크의 신계는 신경 쓰지 마. 네 일 아니니까."

카샤의 머리카락이 한 차례 치솟았다.

"참으로 쌀쌀맞은 사내로다!"

"알았으니 여기서 나가자고. 지체했다가는……."

문득, 리오는 말을 멈추고 엠프레스 쪽을 봤다.

그 금발의 쉬프터는 어디에도 없었다.

리오와 카샤의 후각에 싱그러운 숲의 냄새와 각종 물질이 타는 냄새, 그리고 신선한 피 냄새가 잡혔다.

있으면 절대로 안 되는 울창한 숲과 제법 규모가 있는 목재 건물로 구성된 마을이 둘의 시야에 들어왔다.

"하."

리오는 어이가 없었다.

카샤가 연달아 그의 망토를 잡아당겼다.

"본좌 말이네만… 꿈을 꾸는 건가?"

"다른 표현을 가르쳐주지."

리오는 어느새 칼집에 들어가 있는 디바이너를 꺼내 옆으로 휘둘렀다.

흙먼지와 그을음으로 탁해진 갈색 피부의 오크가 그 보라색 칼날에 맞아 목이 달아났다.

"무한지옥에 온 걸 환영해. 이름이… 카샤라고 했지?"

카샤는 자신들에게 달려드는 오크들을 검으로 차근차근 쳐 죽이는 리오를 바라보다가 다리에 힘이 풀리면서 주저앉았다.

"내가 너희들을 몇 번째 만나는 줄 알아? 기억하는 것만 여섯 번째라고! 그러니 좀 더 반가워 해봐! 난 정말 반가우니까! 아예 사랑한다고 해줄까?"

리오가 히스테리를 부리며 쓰러뜨린 오크의 숫자가 단숨에 두 자릿수로 올라갔다.

상황을 이해하기는커녕 두려움을 느낀 카샤는 몸을 움츠린 채 흐느꼈다.

　　　　\*　　　\*　　　\*

엠프레스는 자신이 카샤와 떨어진 채 의식을 회복했다는 사실을 깨닫자마자 자리에서 일어났다.

"무슨 일인가?"

정비반을 뜻하는 파란색 망토 차림의 비숍 클래스 한 명이 퀸들의 낫에 몸을 관통당한 채 신음하고 있었다.

퀸 클래스들의 두 팔이 폭풍을 앞둔 나뭇가지처럼 파르르 떨렸다.

"그것이… 도움을 위해 왔다고 생각한 이 비숍 클래스가 갑자기 일을 저질렀습니다. 당신께 해를 입히고 리오 스나이퍼를 완전히 제거하려 해서 다급히……."

일을 저지른 비숍이 엠프레스에게 고개를 돌렸다.

"리오 스나이퍼가… 동포들을 죽인 저 짐승이… 왜 이곳에 있는 겁니까? 엠프레스시여."

"……."

"인정할 수… 없습니다. 저를… 프라임께… 데려가 주십시오……!"

엠프레스는 육체의 형태를 잃어버리고 작은 불덩어리가 되어버린 카샤를 발견했다.

"그 동포를 감금하고 돌아오게. 판단은 프라임께서 내리실 것이네."

"알겠습니다."

퀸 클래스들이 광기에 빠진 비숍 클래스를 끌고 방을 나서는 한편, 엠프레스는 자신부터 중대한 결정을 내려야 한다는 사실을 깨닫고는 눈을 지그시 감았다.

\*　　　\*　　　\*

공간의 틈새에서 의식을 회복한 홈집의 룩은 자신을 반

갑게 맞이하는 어린 쉬프터들을 보고 안도의 한숨을 쉬었다.

"무사했군, 동포들이여."

"예, 룩이시여. 당신께서 보여주신 모습을 절대로 잊지 않겠습니다."

비숍 클래스가 감격하여 말했다. 다른 두 명의 나이트 클래스도 고개를 끄덕거렸다.

흠집의 룩은 자신이 있는 장소를 살펴봤다.

공간의 틈새임에는 확실했지만 여러 가지 문제에 대비할 수 있을 만큼 충실한 결계가 자신과 어린 쉬프터들을 보호하고 있었다.

"대비를 훌륭히 했군. 혼자서는 어려웠을 텐데, 누가 만든 것인가?"

"대응해야 할 분야를 분담하여 결계를 따로 구축한 후 하나로 합쳤습니다."

"아주 좋군."

흠집의 룩은 세 명의 머리를 바삐 어루만졌다.

"그래, 독특한 경험을 치른 느낌이 어떤가?"

"이젠 와 닿습니다."

이번 일에 대해 드러내놓고 불만을 표시하며 사이악스의 말을 폄하하던 비숍이 이제는 경험의 중요성을 가장 절실하게 인정했다.

"내가 기절한 이후 시간이 얼마나 흘렀지?"

"약 네 시간입니다."

비숍 클래스가 대표로 대답했다. 세 명의 어린 쉬프터들 가운데 실질적 리더의 역할을 하는 것은 그였다.

"그보다 방금 전에 엠프레스께서 연락을 해오셨습니다."

"엠프레스께서?"

"예, 한 시간 이내에 룩께서 의식을 회복하지 못하신다면 저희 셋이 임무를 처리하라고 명령하셨습니다."

퀸이 아니라 엠프레스가 직접 명령했다는 사실에서 다급함을 느낀 홈집의 룩은 벗겨졌던 두건을 제대로 쓴 후 엠프레스와의 연락을 준비했다.

이윽고, 엠프레스의 환영이 그들 앞에 나타났다.

홈집의 룩은 얼굴과 머리카락을 드러낸 엠프레스의 모습에 깜짝 놀랐다.

"엠프레스시여……?"

"회복된 것 같군. 룩이여."

"예, 심려를 끼쳤습니다."

가면이 복구가 불가능할 만큼 손상되거나 정말 특별한 임무를 맡지 않는 한 자신들이 얼굴을 구축할 일이 없음을 너무나 잘 아는 룩은 생각했던 것 이상의 긴급한 상황이 발생했음을 직감했다.

"자네에게 부여된 전송 권한을 임시로 격상시키겠네. 자네는 이제 일반 생물은 물론 신까지 본거지로 전송시킬 수 있네."

엠프레스의 말을 들은 룩은 더욱 긴장했다. 하지만 상황을 확실히 하기 위해서 상관이 화를 낼 수도 있는 질문을 과감히 던져보기로 했다.

"요리와 관련된 임무는 종료되는 것입니까?"

"그렇다네. 혼란을 일으켰다면 사과하지."

"아닙니다."

"그렇다면 새로운 지시를 내리기에 앞서… 자네들, 정비 만에 배치된 동포들 중에 누군가와 과도한 접촉을 한 일이 있나?"

홈집의 룩을 비롯한 쉬프터 네 명 전원의 뇌리에 공포에 질려 정신이 나간 비숍 클래스의 모습이 떠올랐다.

"비숍 클래스 한 명에게 리오 스나이퍼의 위치에 대한 이야기를 했습니다."

"그렇군."

문제의 시발점이 된 어린 비숍은 몸의 모든 것이 아래로 전부 쏠리는 착각을 느꼈다.

"처벌하신다면 달게 받겠습니다."

흠집의 룩은 비숍이 죄의 자백을 결심하는 것보다 빠르게 이야기했다. 그는 어떻게든 자기 선에서 일을 마무리할 생각이었다.

"처벌을 위해 질문한 것은 아닐세, 젊은 동포여. 이제부터 전달할 지시 사항에 주력하게."

"알겠습니다."

평상시 흠집의 룩은 퀸 이상의 존재들에게 지시를 전달받을 때면 휘하에 있는 동포들의 자세를 교정해 주곤 한다.

하지만 지금은 그러지 않았다. 어린 쉬프터들은 방금 벼려낸 칼날처럼 곧은 자세로 엠프레스의 말을 기다리고 있었다.

"숨김없이 이야기하도록 하지. 프라임께서는 아직 본거지에 돌아오지 않으셨네. 이 일은 내가 독단적으로 결정한 것이기 때문에 만약 문제가 된다면 나뿐만 아니라 자네들 역시 처벌을 받을 수도 있네."

"어린 동포들이 처벌을 피할 수 없다면 저 혼자 일을 처리하겠습니다."

"예비 인원은 반드시 필요한 법이네. 하지만 처벌은 자네와 나만 받는 것으로 하지."

"함께할 수 있어 영광입니다."

어린 쉬프터들은 서슴없이 이야기하는 그들의 모습에서 경외감을 느꼈다.

"긴급히 처리해야 하네."

"말씀하십시오."

"장소와 관계없이 활동할 수 있는 신을 본거지에 데려오게. 모셔온다는 표현을 써야 하나?"

룩의 온몸이 꿈틀했다.

"표현과 관계없이… 말씀하신 요구사항에 맞출 수 있는 신을 하이볼크의 신계 내에서 꼽는다면 제가 아는 한도 내에서 세 명뿐일 겁니다."

"셋이라면?"

"브리간트, 오딘, 그리고 아테나님입니다."

엠프레스가 미소 비슷한 표정을 지었다.

"동포여, 자네는 아테나를 진심으로 존경하는군."

"아직 은혜를 갚지 못했습니다. 마음에 드시지 않는다면 브리간트와 오딘으로 하겠습니다."

룩의 선언은 허풍이 아니라 진심이었다.

"아니, 오히려 잘됐군."

다시 정색을 한 엠프레스가 말했다.

"아테나와 우선 접촉하게. 그 신을 우리 본거지에 데려오게."

"아테나님을 협박하거나 설득할 수 있는 요소가 있습니까?"

"리오 스나이퍼의 위치는 알려줬겠지?"

룩은 대답에 뜸을 들였다.

"알렸습니다."

"그렇다면 그 사항과 더불어 키르히 펙터에게 카샤를 돌려줄 수 있다는 이야기를 하게."

"카샤라면……."

고개를 돌린 채 잠시 생각하던 홈집의 룩이 다시 엠프레스를 봤다.

"인공의 신, 카샤를 말씀하시는 것입니까?"

"그렇다네, 젊은 동포여."

"카샤의 반환은 실제로 이루어질 수 있는 일입니까?"

"정말 돌려준다면 우리는 처벌을 받겠지."

시공간 균열 속에 갇혔을 때, 홈집의 룩은 키르히가 퀸 클래스를 이기기 위해 수련하고 있다는 이야기를 들었다.

당시 룩은 하이볼크의 신계가 뭉개진 이후에는 그 조건을 이루는 것조차 불가능해질 것이라 말했지만 키르히는 화도 내지 않았다.

룩은 키르히의 각오를 확실히 느꼈다.

키르히를 특별히 취급해 줄 생각은 없었다. 하지만 처벌을 받기 싫어서 상대에게 거짓말을 하는 것은 싫었다. 그것은 그가 지금까지 살아온 방식에 반하는 행동이었다.

그러나 엠프레스의 이야기는 아직 끝난 게 아니었다.

"그렇다고 그 나약한 존재를 속여 버린다면 우리는 지울 수 없는 치욕을 느끼겠지. 사이악스님께서도 싫어하실 것이고 말일세."

"알겠습니다."

흠집의 룩은 더 이상 마음에 둘 것이 없음을 알리듯 고개를 크게 끄덕였다.

"아테나님은 반드시 본거지로 인도하겠습니다. 행여 제가 동포들에게 돌아가지 못한다 하더라도……!"

"부탁하지."

엠프레스의 흰 영이 사라졌다.

흠집의 룩이 어린 쉬프터들에게 손짓했다.

"재밌는 일을 하러 가자, 동포들이여."

『가즈 나이트 R』 20권에 계속…

# 이제부터 전자책은
# 이젠북

## www.ezenbook.co.kr

새로운 세계가 열린다!

서현 『조동길』[N]　　남운 『개방학사』[N]　　백연 『생사결』[N]
목정균 『비뢰도』　　좌백 『천마군림』　　수담옥 『자객전서』
용대운 『천마부』　　설봉 『도검무안』　　임준욱 『붉은 해일』
진산 『하분, 용의 나라』　　천중화 『그레이트 원』

이름만 들어도 황홀할 정도의 별들의 향연!

이들의 "유료연재"가 시작됩니다!

검색창에 **이젠북** 을 쳐보세요! ▼ 🔍

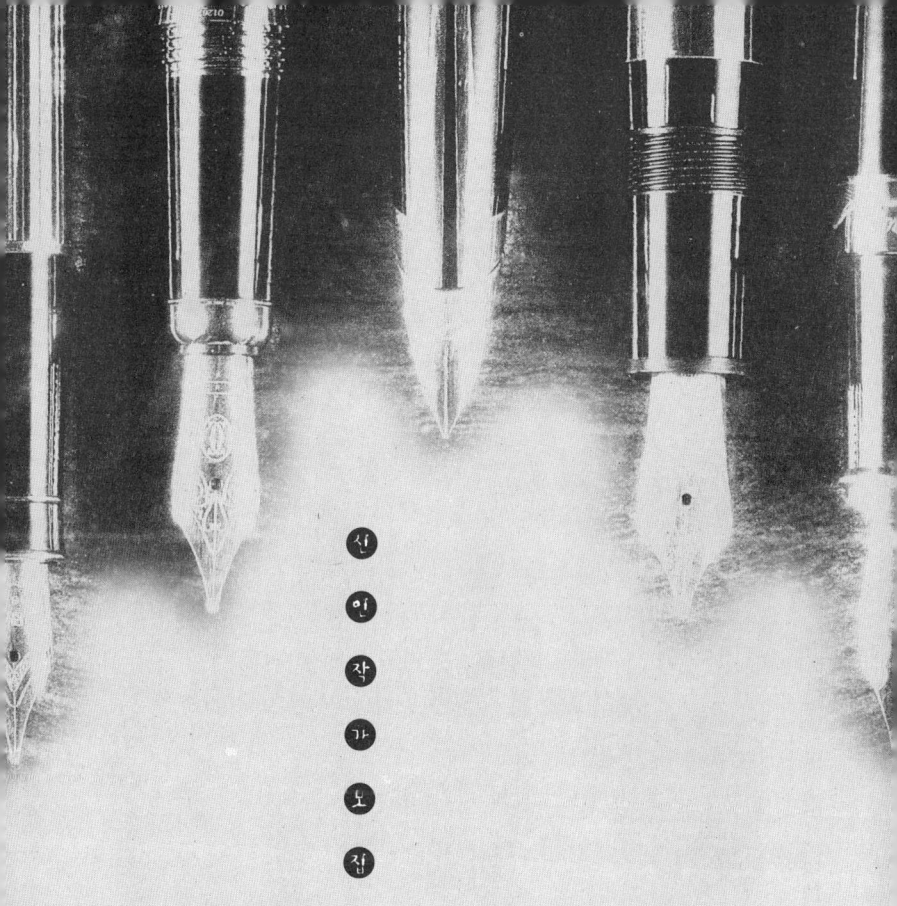

## 신인작가모집

**시작이 반이라고 했습니다.
작가의 길에 대한 보이지 않는 벽을 과감히 깨뜨리십시오!
청어람은 작가 지망생 여러분들의
멋진 방향타가 되어드리겠습니다.**

저희 도서출판 청어람에서는
소설 신인 작가분들을 모집합니다.
판타지와 무협을 사랑하시는 분들의 많은 참여를 바랍니다.
소정의 원고(A4용지 150매)를 메일이나 우편으로 보내주시면
검토 후 출판 여부를 알려드리겠습니다.

**주소**:경기도 부천시 원미구 심곡2동 163-2 서경B/D 2F 우편번호 420-822
**TEL**:032-656-4452 · **FAX**:032-656-4453
http://www.chungeoram.com
e-mail:chungeoram@chungeoram.com

FUSION FANTASTIC STORY

천중화 장편 소설

# 세계 유일의 남자

## 역사를 목격한 적이 있는가.
## 지금, 세상을 뒤엎을 사내가 온다!

스포츠 만능에, 수많은 여인의 애정까지…
골프계를 뒤흔드는 골프 황제 김완!

그런데 이 남자의 향기가 심상치 않다.

할머니의 비밀과 부모의 죽음.
그에게 전해진 사건들이 이 남자를 뒤흔들고,
이제 그의 행보가 세상을 움직인다!

## 『세계 유일의 남자』

### 평범한 남자라고 생각했는가?
### 천만에! 이자는… 세계 유일의 남자다!

Book Publishing CHUNGEORAM

www.chungeoram.com

FUSION FANTASTIC STORY

# 죽은 자들의 왕

### 페리도스 퓨전 판타지 소설

## 공전절후! 쾌감작렬!
## 청어람이 선보이는 판타지의 신기원!

# 『죽은 자들의 왕』

대륙 최고의 어쌔신 길드, 블랙 클라우드.
어느 날 내려진 섬멸 명령으로 인하여 하루아침에 멸망했다.

그러나……

"오랜만이다, 동생아."

어릴 적 헤어진 동생을 찾아 국경을 넘은 그레이너.
그러나 동생은 죽음의 위기를 겪고,
이제 동생의 모습으로 새로 태어난 그레이너가
모든 음모를 파헤치며 나아간다.

## 사라졌다 여겨진 전설이 끝나지 않고,
## 이제 대륙을 뒤흔드는 폭풍이 되리라!

Book Publishing CHUNGEORAM

인기영 장편 소설

# 현대 강림 마스터

FUSION FANTASTIC STORY

타고난 이야기꾼, 작가 인기영!
「현대 귀환 마법사」의 뒤를 잇는 새로운 현대물로 돌아오다!

한평생 빙의로 고생해 온 설유하.
그 빙의가 그의 인생역전을 이뤄줄 줄이야.

귀신을 다루는 사령술!
동물을 움직이는 조련술!
마검왕에게 사사한 검과 마법!

이계에서 찾아온 세 영웅의 영혼과의 만남.
그들이 전해준 힘으로
역사에 없던 '마스터'가 현대에 강림하다!

## 주목하라!
## 나 설유하, 마스터가 바로 여기에 있다!

Book Publishing CHUNGEORAM

유행이 아닌 자유추구
WWW.chungeoram.com

# 총수의 귀환

텀블러 장편 소설

FUSION FANTASTIC STORY

아버지라 생각한 자의 배신.
그렇게 이방의 사막에서 죽음을 맞이했다.

그러나, 죽음은 끝이 아니라 새로운 시작이었다!

카이스트 최연소 입학.
하늘이 내린 천재.
과학력을 한 단계 진보시킨 과학자!

복수를 위하여 이계에서 살아남고,
기어코 현대로 다시 돌아온 이은우!

## "이제 시작이다, 나의 성공가도는!"

### 세상이 몰랐던 총수의 귀환!
### 이은우, 그가 돌아왔다!

Book Publishing CHUNGEORAM